KB042742

기행

귀행 1

초판 1쇄 인쇄일 2014년 6월 20일 ┃ **초판 1쇄 발행일** 2014년 6월 23일

지은이 손연우 ┃ **펴낸이** 곽중열 ┃ **담당편집 팀장** 이범수
편집부 신연제 이윤아 김호성 김은경

펴낸곳 (주)조은세상 ┃ 출판등록 제 2002-23호
주소 경기도 연천군 미산면 청정로 1355
TEL 편집부 02)587-2966 ┃ FAX 02)587-2922
e-mail bukdu@comics21c.co.kr

ⓒ손연우 2014
ISBN 979-11-5512-522-9 ┃ ISBN 979-11-5512-521-2(set) ┃ 값 8,000원

※잘못 만들어진 책은 바꿔 드립니다.
※저자와의 협의에 의해 인지는 생략합니다.

귀행 1

NEO ORIENTAL FANTASY STORY

CONTENTS

第 1 章

第 1 章.

1

사람들은 날 못 봤다.

배 아파 낳은 어미조차 날 못 보니 말 다했다.

처음 몇 년간은 그들이 나에게 말하는 거라 여겼는데,
그게 아니었다.

난 그들로부터 없는 존재였다.

"일아."

"남궁 소공자."

"남궁 소협."

"남궁일 대협!"

모두가 이리 불렀지만, 대답은 나의 몫이 아니었다.

난 가만히 지켜볼 수밖에 없었다. 그냥 존재하기만 했

9

다. 주위에 날 알리는 방법 따윈 없었다.

남궁일이라 불린 놈도 날 몰랐다.

내 몸이었던 살덩어리는 세상 밖에 나오자마자, 강보에 쌓여 땅속에 묻혔으니까.

어째서 그러냐고?

이게 다 천기자의 예언 때문이었다.

─남궁세가에서 태어난 쌍둥이가 천하를 말아먹는다.

내일 날씨도 못 알아맞히는 작자의 말을 뭘 그리 맹신하는지, 세상에 믿을 놈 하나 없는데 말이다.

그 불길한 예언 때문에 날 가묘가 아닌 이름 모를 야산에 묻었다.

그렇다고 오해는 금물이다!

죽임을 당한 건 아니었다.

대명문세가인 남궁세가에서 그럴 리가 없지.

난 어미 뱃속에서 이미 죽었다. 한데 죽은 이유가 참으로 어처구니가 없었다.

남궁일 그 도적놈이 피와 양분을 다 가져가는 바람에 내 기력은 갈수록 쇠약해졌고, 반면에 그 도적놈은 무럭무럭 자라났다.

기력이 달리니 뭘 어떻게 해볼 새도 없이 도태된 것이다.

영양실조로 죽다니, 그것도 엄마 뱃속에서!

이게 말이 돼?

이런 어처구니 없는 일의 원인은 그 도적놈이다.

내 피와 양분까지 게걸스럽게 다 처먹고, 내가 누려야
할 것을 남김없이 가로채 간 남궁일 이 자식!

한데 웃기게도 천하는 그를 인의무적이라고 부르며 물
고 빠느라 정신없었다.

한심한 새끼들.

그 도적놈이 한 짓을 모르니 그러는 거다. 바늘 도둑이
소도둑 된다고, 날 때부터 도적놈이었는데 커서는 오죽하
겠어?

태어나자마자 천하의 갖은 영약(내 몫이 분명한!)을 처
먹는 것도 모자라 몸에 처발라댔다.

그 비싼걸, 아깝게시리!

또 천하의 산해진미로 목구멍과 위장에 기름칠까지 해
댄 놈이다.

거기다가 겉만 뻔지르르한 외모와 말 빨, 집안 빨로 여
인네들의 마음을 숱하게 훑고 다녀댔다. 못 먹는 감 찔러
나 본다고 어찌나 여인네들의 방심을 찔러댔는지, 다 터져
못 먹을 지경으로 만들어놨다.

이것만 따져도 걘 대역죄인이다, 대역죄인.

삼족을 멸해도 할 말 없지.

어찌 됐든!

뭐만 했다 하면 주위에서 하늘이 내린 재목이라며 치켜세워주고, 역시 남궁일이라며 갈채를 보내는데 이놈이 어디 제대로 된 정신머리가 박혔겠어? 방귀만 뀌어대도 향기롭다며 난리 칠 사람이 성안 한가득인데.

유치한 새끼들.

사실 고백하건대 걘 주위에서 칭송해주면 희열을 느끼는 이상 성욕자다. 남들이 박수 보내고 환호해주면 정말 흥분한다니깐? 침만 안 흘렸달 뿐이지, 몸이 부르르 떨리고 심장은 펄떡거리며 뛰어댔다고.

"역시 대단하십니다!"

"남궁일 대협의 인품은 강호제일이십니다!"

"대협은 강호의 귀감입니다. 후세에도 그 이름이 영원토록 이어질 겁니다!"

이렇게 물고 빨아대니.

나설 데 안 나설 데 구분 못 하고, 평생을 협객행 다니느라 정신없지.

환갑에 이른 나이에야 비로써 철 좀 드나 싶었는데.

놈은 또다시 협객행을 떠난단다. 깨달음을 얻어 면벽구년 아니, 반년 아니, 한 달만 정진해도 초절정이란 벽을 허물 수 있었는데도 말이다.

지 앞가림이나 잘할 것이지.

"남궁일 대협, 제발 도와주십시오!"

놈은 이 말 한마디에 두 팔 걷어붙이고 세상 밖으로 뛰쳐나간다. 그게 저를 위해 준비된 함정인 줄도 모르고.

멍청한 새끼.

도적놈이면 도적놈답게 남의 집 담장 밑에 가만히 누워서 떨어지는 감만 받아먹을 것이지. 뭔 희열과 흥분을 또 느끼겠다고 기어나가는 건지, 원!

그러니 이런 꼴 당하는 거다.

울컥울컥.

내 배, 아니 남궁일의 전신에서 피가 뭉텅이로 흘러나오는 소리였다.

쨍그랑.

반이나 부러진 남궁일의 애검도 땅에 떨어졌다.

열 명의 복면인들이 손을 거두었다.

"너, 너희는……!"

남궁일은 충격을 받은 얼굴로 벌린 입을 다물지 못했다. 피로 물든 붉은 수염이 파르르 떨렸다.

복면 위로 드러난 눈매만 봐도 누군지 알 정도인 가까운 인물들이니 당연했다.

"…어째서냐?"

구태의연하게 물을 것도 없거늘.

다 죽어가는 목소리엔 매가리가 없어서일까? 남궁일의

눈동자가 처연해서일까?

복면인들 중 하나가 말했다.

"대협 때문이오."

인망이 두터운 남궁일 때문이라. 난 듣자마자 딱 누군지, 또 왜 그런지 알겠던데.

남궁일은 그럴 리 없다며 고개를 저었다.

참으로 멍청하다.

사람이란 게 다 거기서 거기인데, 남궁일은 피눈물까지 흘려댔다.

부스스.

받은 충격이 대단했는지 남궁일의 머리카락이 하얗게 셌다.

순식간에 늙어버린 그의 모습에 복면인들의 눈빛은 침잠이 가라앉았다. 개중에 웃기게도 죄책감이란 감정을 내비친 놈도 있었다.

"이만 가시오. 고이 보내드리리다."

파앙!

그러면서 복면인 중 하나가 남궁일의 단전에 일장을 꽂아넣었다.

그렇지 않아도 심각한 부상을 당했던 남궁일이었다.

콰드득.

어마어마한 내력이 담긴 일장에 남궁일의 단전이 박살

이 났다. 절명하지 않은 게 용했다.

"……."

비명조차 내지르지 못하고, 허물어져 가는 남궁일의 모습이 보기 어려웠을까.

복면인들은 하나둘 떠나갔다.

마지막 한 명이 남았을 때.

그가 다가와 남궁일의 완맥을 잡았다. 진기를 흘려 상세를 돌봐주기 위해서가 아니었다. 제 놈들이 가한 파상공세가 제대로 먹혔나 확인차 잡은 것이다.

심각한 부상에 이어 전신의 근맥이 가닥가닥 끊어졌고, 거기다 단전도 박살 났다.

그제야 안도의 한숨을 내쉬었다.

"단언컨대 전설의 화타 아니, 대라신선이 와도 당신을 못 살릴 것이오."

그놈의 말대로 남궁일의 상태는 그 정도로 위중했다.

"참으로 안됐소. 인의무적으로 이름난 일세의 대협께서 시체조차 온전히 남기지 못할 최후를 맞이하다니. 천하의 그 누구도 당신의 최후가 짐승들의 밥일 줄은 꿈에도 몰랐을 것이오."

복면인은 말하는 와중에도 남궁일의 숨소리가 점점 잦아드는 걸 확인하고 있었다.

"잘 가시오, 남궁일 대협. 세상 일이 다 그런 거 아니겠소. 너무 원망치 마시오."

복면인은 그리 말하고는 신형을 날렸다.

적막해진 숲 속.

아오오오!

때맞춰 들려오는 짐승들의 울음소리.

멀지 않은 곳이다.

복면인도 피 냄새를 맡고 몰려드는 짐승들의 기척을 미리 알아채고 간 것이 분명했다. 마지막 최후만큼은 제 손을 쓰고 싶지 않은 심경의 발로였다.

치졸한 새끼.

손은 있는 대로 다 써놓고 마지막은 손을 쓰지 않겠다니! 짐승들 덕에 제 놈들이 가한 무공의 흔적도 알아볼 수 없을 테고, 일거양득이라 여기는 게지.

-모순도 이런 모순이 없지. 안 그러느냐?

-…….

같이 빠져나온 내가 묻는 말에 남궁일은 대답하지 않았다.

남궁일은 처음으로 혼이 빠져나온 상태라 그런지 정신머리가 없었다. 말 그대로 넋이 나간 게다.

이런 쪽에서 선배인 내가 친절히 알려주는 수밖에…….

찰싹!

따귀를 냅다 후려갈겼지만, 놈은 미동도 하지 않았다.
석상 마냥 멍청히 있었다.

－생전에도 못 보더니, 죽어서는 아예 볼 생각조차 않는
군. 이걸 삼일 밤낮으로 쥐어패서 내 존재를 각인시켜줘?

－……

주먹을 들며 위협해도 놈은 백치처럼 굴었다.

오 오 오 오.

느닷없이 들려오는 귀곡성.

남궁일의 영혼이 두둥실 떠오르기 시작했다.

저승으로 가는 것이다.

난 자주 봐왔던 광경이었기에 별 감흥이 없었다. 저러다
가 하늘로 떠오르고는 사라졌으니 말이다.

절세의 대협, 인의무적이란 거창한 별호로 불리던 남
궁일.

그 최후는 평범하기 짝이 없었다.

여느 필부들처럼, 남궁일의 영혼도 하늘로 두둥실 떠오
르더니 사라졌다.

숙주인 남궁일이 죽었으니, 다음은 셋방살이나 하던

기생령인 내 차례겠지.

하늘을 물끄러미 올려다봤다.

2

한데 아무 일도 벌어지지 않았다.

도대체 왜?

의문이 머릿속을 맴돌았지만, 흐린 하늘은 잠잠했다. 오히려 구름 틈새로 찬란한 햇빛이 비치더니 맑아져 갔다.

인상이 절로 찌푸려졌다. 설마 끝까지 이런 꼴을 당할 줄은 몰랐다.

남궁일과 같은 사람들뿐만 아니라 하늘마저도 나를 몰라본다는 거지.

−뭐 이런 개······!

하늘을 향해 막 욕설을 퍼부으려는 순간이었다.

슈아아악!

엄청난 흡입력이 날 끌어당겼다.

−오, 드디어······!

남궁일처럼 승천하는 줄 알았는데.

이럴 수가!

내가 향한 곳은 위가 아닌 아래쪽이었다. 더욱 정확히는 남궁일의 육체겠다.

놀랄 새도 없이 다시 놈의 육체로 들어가게 됐다.

그리고.

"끄어어억!"

두 눈을 부릅뜬 남궁일 아니, 난 온몸을 저미는 고통에 비명을 질렀다.

빠드득!

끔찍한 고통에 이가 절로 갈렸다. 남궁일과 육체의 감각을 공유해본 적이 없었다. 그랬기에 지금껏 단 한 번도 느껴보지 못한 고통이란 걸 맛보는 중이었다.

"으, 으어어어—!"

말로 형용할 수 없는 괴성을 내서일까.

아오오오!

짐승들의 포효가 더욱 가까워졌다.

넌 곧 짐승들의 밥이 될 거라는 걸 친절하게 알려주는 신호였다.

산채로 짐승들에게 물어 뜯겨서 뱃속으로 들어가는 광경을 직접 봐야 한다고?

이럴 순 없는 거다.

내게 이럴 순 없는 거라고!

"내, 내가 뭘 잘 못해서… 끄어어억!"

어서 빨리 승천해야 하는데, 이놈의 몸뚱아리가 죽기 전까진 답이 없었다.

짐승들이 먼저 당도할 것이다.

산채로 잡아먹혀 끔찍한 고통을 맛보기 전에 얼른 방도를 찾아야 했다.

다시 몸 밖으로 나가보려고 애써보지만, 평소와 달리 이탈이 안 됐다. 아주 발악을 해대서야 겨우 고개가 쏙 나왔지만, 도로 쑥 들어갔다.

말로 형용할 수 없는 고통이 또 찾아왔다.

"아, 안 돼!"

어떻게든 빠져나가려 하지만, 남궁일 몸에서 일어난 흡입력은 장난이 아니었다. 처음 맛본 고통은 더 장난이 아니었다. 머릿속이 하얘질 정도였다.

사지는 멀쩡히 달려있었지만, 힘줄은 모조리 잘려 있었다. 걸어서는 물론, 기어서 도망치는 건 꿈도 못 꿨다. 더 미치겠는 건 기절도 할 수 없다는 것이다.

뭐 이딴 경우가 다 있나 싶은 난 눈알을 굴려 주위를 둘러봤다.

엄폐할 만한 장소 따윈 없는 바위산.

산채로 짐승들의 밥이 되어야 할까? 아니면 혀라도 깨

물어서 자결해야 할까?

질경.

혀를 빼어 문 턱에 힘이라곤 들어가지 않았다. 혀의 묘한 부드러움만 느꼈다.

난 심각하게 고민하기 시작했다. 몸 상태가 정상이 아니니 뭘 할 수가……!

순간 머릿속에 번뜩이며 스쳐 지나가는 실낱같은 가능성.

몸 상태를 멀쩡히 만드는 방법이 떠올랐다.

강호의 고수 중 굉장히 드물게, 절정에서 초절정을 넘어갈 때 하게 된다는 탈태환골!

강호에서 선택된 극소수만이 누릴 수 있다는 기사다.

어려서부터 벌모세수와 영약으로 다져진 남궁일의 육체다. 아무리 단전이 깨졌다지만, 아직까진 어마어마한 내공의 양이 남아 있었다. 거기다 들불처럼 일어나 요동치더니 전신을 휘도는 중이다.

마지막 소주천이었다.

단전이란 그릇이 깨진 터라 내공은 갈 곳을 잃어 흩어진다.

단 한 번의 기회였다.

밑 빠진 독에서 물이 쏟아지는 것처럼 내공은 지금도 소실되는 중이다.

시간이 없다.

며칠 전 남궁일이 얻을 뻔했던 깨달음과 아직 이갑자는 남은 내공.

가능할 듯싶었다.

남궁일은 어렴풋이나마 인지했던 그 깨달음.

바로 그게 탈태환골로 가는 단초였다.

때론 바로 앞에서 보는 것보다 한 발짝 물러서서 볼 때 더 잘 보이는 법이었다.

남궁일은 그 깨달음의 정체를 정확히 몰랐지만, 난 늘 남궁일에게서 한 발짝 물러서서 사물이나 현상을 관찰해 왔다. 그렇기에 남궁일에게 명확하지 않았던 그 깨달음이 내겐 확연히 보였었다.

물론 그렇다고 해서 남궁일에게 영향을 끼칠 수 있는 건 아니었지만, 이렇게 써먹게 될 줄은 몰랐다.

난 전신에서 밀려오는 격통을 의식 한구석으로 밀어냈다. 무척 어려웠으나 조금도 고통스럽지 않다며 나 자신을 수없이 세뇌시켰다.

그러자 거짓말처럼 고통이 서서히 잦아들었다.

"……."

몰아지경에 든 것이다.

곧 들이닥칠 짐승들은 물론이거니와 숨넘어갈 고통을 조금도 인식할 수 없었다.

그때 봤던 깨달음, 그 심상을 찾는 데 여념이 없었다.

희뿌연 한 내면의 바다를 헤엄쳐가는 일은 무척이나 힘들었다.

마침내.

심상(心象)이 수면위로 부상하기 시작했다.

남궁일이라면 이렇게 빨리 찾지 못했을 것이다. 그 심상을 찾아 달포를 허비해도 모자라건만, 놈은 심상보다 협객행을 택했다. 그랬기에 살아남았다 해도 그 심상을 다시 만나기까지 더 오랜 시간을 허비했을 터였다.

난 다르다.

그 심상의 정체를 누구보다 명확히 알고 있었고 인식하고 있으니까.

"……."

두 눈이 번쩍 뜨인 순간!

큼지막한 들짐승이 아가리를 쩍— 벌리고 있었다.

역한 냄새가 코를 찔렀다.

속에서 구역질이 치밀어올랐다.

푸화아아아악!

내 입에서 뿜어져 나온 피 분수가 들짐승들, 정확히 늑대들을 적셨다.

검정에 가까운 검붉은 색.

사혈(死血)이었다.

코를 마비시키는 역한 냄새가 사방에 진동했다.

놀란 늑대들이 한 발짝 물러설 정도였다.

몸에서 아지랑이 같은 무형의 기운이 모락모락 피어올랐다.

이제 늑대들은 으르렁대며 섣불리 다가오지 못했다.

우직, 우지직!

뼈가 움직이는 끔찍한 소리에 늑대들이 귀를 쫑긋거렸다.

뭔지는 몰라도 심상치 않은 일이 벌어지고 있다는 걸 인식하고 있는 듯했다.

검은 피로 범벅이 된 인간의 전신엔 서광마저 서리는 중이다.

아오오오!

가장 큰 늑대가 울부짖었다.

흙바닥 위의 인간이 꿈틀대며 발악을 해대니 기다리라는 신호였다.

늑대들은 경계하며 인간의 움직임이 끝나길 기다렸다.

천재일우의 기회가 찾아왔다.

피로 넝마가 된 육체는 계속해서 요동쳤다.

온몸의 피부가 쩍쩍 갈라졌고, 뼈와 힘줄은 몸속에서 요동쳐댔다.

쾅쾅쾅쾅쾅!

  1

정수리 쪽을 거대한 망치로 두들겨대는 소리가 들려왔
다. 말로 형용할 수 없는 고통은 덤이었다.

"끄아아아아악—!"

괴기하고도 끔찍한 비명에 놀란 늑대들이 더욱 물러섰
다. 그리곤 그 인간이 변하는 모습을 지켜봤다. 달려들기
엔 인간이 보이는 변화가 너무나도 격렬했다.

정수리 쪽이 폭발할 듯이 번쩍이는 순간!

콰르르릉!

기어코 머릿속에서 천지가 개벽하는 굉음이 들려왔다.

남궁일의 사지가 떨리다 못해 피에 젖은 땅을 내려치기
시작했다.

쿵쿵쿵쿵!

그 위협적인 느낌에 늑대들은 잔뜩 경계했다.

저 미친 인간이 제풀에 지쳐 멈추길 기다리는 것이다.

"흐어어어!"

등이 활처럼 휜 인간이 두 눈을 번쩍 떴다.

나이 들어 흐릿했던 눈동자가 흑백이 선명한 눈동자로
변해 있었다.

후두두둑!

검버섯이 폈던 손등 위의 살 껍질들이 떨어지자, 백옥
같은 살결이 모습을 드러냈다.

사르르르.

하얗게 세었던 머리카락이 몽땅 빠져나가고, 그 빈자리를 흑단 같은 머리카락이 자라나기 시작했다.

주르륵.

그렇게 피를 쏟아내고도 수분이 남았을까? 전신의 모공에서 검은 액체가 맺히더니 흘러내렸다.

고약한 악취가 풍겼다.

이에 자극받은 늑대들이 정신을 차리고 고개를 쳐들었다. 일제히 우두머리를 바라봤다.

컹컹!

우두머리가 득달같이 달려드는 걸 신호로 다른 늑대들도 동참했다.

마침 인간의 이상한 변화도 끝난 터!

천재일우의 기회가 절체절명의 순간으로 급변했다.

3

성공에 기뻐할 새도 없었다.

미치고 환장할 노릇이었다.

산 넘어 산이라고.

늑대들이 미친 듯이 달려들어 물어뜯으려 한다.

그 쩌억— 벌려진 아가리를 보면서 하늘을 바라봤다.

기어코 이 개 잡것들의 밥이 되는 걸 보겠단 말이지.

막 큼지막한 송곳니가 목줄기를 파고들려는 찰나!

퍼어억!

내지른 주먹에 큼지막한 늑대가 아가리를 처맞고 날아 갔다. 우두머리였다.

컹컹!

늑대들이 시끄럽게 짖어댔다.

크르르.

우두머리가 가뿐하게 일어났다. 성질을 더욱 돋웠는지 눈빛이 예사롭지 않았다.

난 뻗은 주먹을 거두었다. 내심 혀를 찼다. 힘이 제대로 실리지 않은 탓이었다.

그 말은 아직 이 몸에 익숙지 않다는 이야기고, 내공의 수발이 되지 않으니 이대로 개 잡것들의 한 끼 식사거리가 될 공산이 크다는 거다.

"제기랄, 직접 움직여본 적이 있어야지."

남궁일이라면 하지 않을 상스러운 말을 내뱉고, 일어서 려고 했다.

콰악!

하지만 종아리에서 따끔한 통증이 느껴졌다. 비칠거리 던 우두머리 놈도 제법 강단이 있었는지 다시 달려와 물어 버린 것이다.

그제야 다른 늑대들도 물어뜯기에 동참했다.

"아프잖아!"

반사적으로 주먹질을 해보지만, 두 번은 당하지 않는다는 듯이 우두머리가 훌쩍 물러섰다.

엉성한 주먹질에 날랜 들짐승이 맞아줄 리 만무했다.

그럼에도 난 주먹을 휘두르며 달려드는 놈들을 떨쳐냈다.

미친 듯이 발악해서 그런지 놈들도 섣불리 달려들지 않았다.

사납게 짖거나 으르렁거릴 뿐이다.

섬뜩하리만치 날카로운 이빨만 드러내며 몸을 낮추는 늑대들.

난 서둘러 종아리를 바라봤다. 피로 흥건했다.

금강불괴도 아니고, 아기의 살결처럼 보송보송해진 터라 들짐승의 이빨에도 쉬이 상처를 입었다.

만약 갈무리된 내공을 운용할 수 있다면 이렇진 않을 건데!

설상가상으로.

한 번도 내공을 직접 운용해본 적이 없던 난 어찌할 바를 몰랐다. 깨달음과는 별개의 문제인 듯했다.

"뭐 이런 개 같은 경우가!"

설마 탈태환골까지 한 이 몸뚱아리로.

적응을 제대로 못 해서 개죽음을 당하게 되다니.

그것도 이 개 잡것들에게!

난 연신 두 주먹을 휘둘렀지만, 모기도 못 잡을 속도였다.

늑대들이 와서 처 맞아줄리……!

퍼억!

캐앵!

물론 가끔 운 좋게 한방 정도 얻어걸리기도 했지만.

콰악!

곧바로 허벅지를 물어뜯겼다.

으르르!

이 개놈은 거기서 그치지 않고 고개를 이리저리 흔들어 댔다.

"아아악!"

살점이 떨어져 나갈 것 같은 고통에 입이 쩍 벌어졌다. 이대로 가다간 정말 놈들의 한 끼 식사가 되겠다. 죽기 아니면 까무러치기로 주먹을 휘둘렀다.

퍼억!

허벅지를 문 늑대의 머리통을 강타했다.

깨앵, 깨앵!

코에서 피가 흘러나온 늑대가 자기 죽는다고 개소리를 냈다.

하지만 이미 피를 보고 흥분한 늑대들은 눈에 뵈는 게 없었다.

"야아아악!"

겁을 주려 악을 질러보지만, 늑대들을 더욱 광분시킬 뿐이었다.

으르르!

"내가 전생에 뭔 죄를 지었다고, 나라라도 팔아먹지 않고서는……!"

휘익!

막 달려드는 늑대의 콧등을 주먹으로 내리쳤지만, 엉덩이 쪽의 살이 떨어질 것 같은 고통이 먼저였다.

콰악!

"흐억, 어딜 물어!"

뒷발로 막 물어 제낀 놈의 배를 걷어찼다.

캐앵!

한 마리가 날아가면, 다른 한 마리가 달려들고, 또 그걸 쳐내면 뒤에서 앙앙거리던 한 놈이 물어뜯고…….

이런 양상이 계속됐다.

금수라고 우습게 봤는데, 늑대들은 지금 차륜전을 벌이는 중이었다. 물어뜯으며 상처를 내어 피를 흘려내는 데 집중하고 있었다.

내가 힘이 빠질 때까지 기다릴 속셈이었다.

내공을 쓸 수만 있다면 이따위 늑대들은 우습게 처리할 수 있는데.

내공은 여전히 도도하게 굴었다. 그러니 선택지는 육탄 돌격밖에 없었다.

"이야아아아!"

사지를 사방팔방으로 휘둘렀다.

지랄발광을 해대자 놈들도 주춤했다.

그 찰나의 틈을 발견한 난 눈을 빛냈다.

"우아아아아!"

악을 지르며 땅을 박찼다. 더는 버틸 수가 없었다. 어떻게든 활로를 만들어야겠다.

다다닥!

어설픈 동작으로 달음박질치기 시작했다.

으르… 깨앵!

한 늑대가 앞을 가로막으며 위협적으로 으르렁댔지만, 내 발길질에 걷어차여 나뒹굴었다.

난 뒤도 안 돌아보고 내달렸다.

하지만.

갓 돌 지난 아이처럼 비칠대는 걸음으로 늑대들의 속도를 어찌 당하랴.

콱콱콱콱!

날카로운 이빨로 들이대는 놈들에게 얼마 못 가서 고꾸

라졌다.

우두머리가 득달같이 달려들었다. 최후의 일격을 가하려는 것이다.

강호인들이 바라마지 않는 초절정이란 경지에 올랐는데, 개밥이 되는 게 최후일 순 없는 거다.

"어딜!"

막 목줄기를 물어오려는 우두머리의 턱을 양손으로 잡았다.

"크윽, 그렇게 날 처먹고 싶으냐?"

딱, 딱!

우두머리가 위턱과 아래턱을 맞부딪치며 어떻게든 물어뜯으려고 애썼다.

아직 내 힘으론 늑대의 다무는 아가리 힘을 버티기 어려웠다.

"제길! 그럼 처먹어!"

쑤욱!

손 하나를 그대로 우두머리의 아가리 속에 집어넣었다.

입을 다물어서 물어뜯으려던 우두머리 늑대, 곧 온몸을 뒤틀어댔다.

꽈아악!

긴 혀를 쥐어뜯는데 장사 없다.

캐, 캐액!

우두머리가 고통스러워하자 늑대들이 주춤거렸다.

기회다 싶은 난 틀어쥔 혀를 더욱 꽉 쥐었다. 뿌리째 뽑는다는 생각으로 말이다.

캐애액!

눈깔을 까뒤집은 우두머리가 버둥거렸다.

난 놈을 방패 삼아 서둘러 일어났다. 내 다리는 이미 놈들에 의해 넝마가 되었다. 격렬하게 반항한 탓에 다행히 근맥이나 뼈까진 상하지 않았고, 흥분해서 그런지 일어서는데 고통도 느껴지지 않았다. 한데 피를 많이 흘려서 그런지 눈앞이 아찔했다.

"와봐, 이 개 같은 놈들아!"

눈깔을 까뒤집은 우두머리의 목줄을 부여잡은 채, 으르렁거리는 늑대들을 죽일 듯이 노려봤다.

기세에서 지면 끝장인데, 슬슬 팔의 힘이 빠지고 있었다.

우두머리가 달리 우두머리겠나.

가장 큰 덩치에 어울리는 무게감에 양팔이 덜덜 떨려왔다.

그나마 급소 중의 급소인 긴 혀를 틀어쥐어 꼼짝 못 하게 만들어서 그렇지, 만약 다른 부위였다면 우두머리에게 되레 당했을 것이다.

그렇다고 이대로 개밥이 되어줄 순 없는 노릇이었다.

으르렁!

막 달려드는 늑대를 향해 우두머리를 들이대고는 물러섰다. 연신 뒷걸음질치며 목줄을 잡은 손을 풀고는 팔로 휘감았다. 팔의 힘이 떨어지니 허릿심으로 어떻게든 버텨내려는 심산이었다.

잠깐 숨통이 트이자 우두머리가 입을 꽉 다물었다.

주르륵!

팔의 하박에서 피가 꿀렁꿀렁 흘러나왔다. 자꾸만 아찔해지려는 정신줄을 붙잡고, 혀를 더욱 세게 움켜쥐었다.

커커컹!

고통스러웠는지 우두머리는 턱의 힘을 풀었다.

"아프냐? 나도 아프다 이 쌍!"

난 우두머리를 안은 채 계속 뒤로 물러섰다.

늑대들도 바보는 아닌지 뒤로 돌아가 물어뜯으려고 시도했다.

그 틈을 타!

난 얼른 몸을 돌려 우두머리를 방패 삼아 돌진했다. 그리고 다시 몸을 돌렸다. 막 물어뜯으려는 늑대들 때문이었다.

"허억, 허억! 이러다 개새끼들 간만에 회포 풀게 해주겠네."

그 간단한 동작에도 힘이 부쳤다. 그렇지 않아도 엉망으로 당한데다, 피를 많이 흘려서 체력이 떨어졌다.

부릅뜬 눈에 힘이 빠지기 시작했다.

으르렁!

늑대들도 그걸 눈치챘는지 몸을 낮추었다. 금방이라도 달려들 태세다.

난 계속 뒷걸음질을 치며 물러섰다.

정말이지 억울했다. 살아도 산 게 아니었던 지난 삶이었다. 누구한테 폐 끼친 적 없는 고요하고 쓸쓸한 삶이었는데, 이런 최후라니.

"개밥은 정말 아니잖아!"

불만을 토로해보지만, 닥친 상황이 변하진 않았다.

으르르!

오히려 늑대들을 자극했는지 거칠게 짖어댄다.

"그래! 어디 한 번 맛있게 처먹어봐라. 반수는 내 손에 죽는다."

다시 한 번 호기롭게 외쳤지만, 내뱉은 말과 달리 난 꽁무니를 빼고 있었다.

"쉬! 쉬! 저리 가, 오지 마!"

늑대들에게 산채로 뜯어먹히게 될 줄은 꿈에도 몰랐다.

그때였다.

"저리……!"

한 발짝 물러섰는데, 발 딛은 곳이 뭔가 허전하다.

몸도 뒤쪽으로 기울여졌다.

"어, 어?"

계속 짖어대는 늑대들과 텅 빈 뒤쪽을 번갈아 봤다.

휘이이잉!

휑한 바람 소리와 함께 몸이 뒤로 쭉! 떨어졌다.

"샤, 사⋯⋯!"

살았다가 아니다.

못해도 십오 장은 돼 보이는 절벽.

이 높이에서 사람이 떨어지면 어떻게 되겠나?

비명이 절로 나오지.

"사라아아아암─!"

'사람 살려'란 말을 채 잇지 못할 정도로 눈물 나게 무서웠다.

깨갱!

같이 떨어지게 된 우두머리 늑대도 그러했나 보다.

덩치에 안 어울리게 개소리까지 내는 걸 보니.

4

팔자에도 없는 자유낙하를 하는 기분은 정말이지.

끝내줬다.

보통은 땅에 닿기도 전에 혼절한다는데 난 아니었다.

이 미친 정신머리는 기절하기를 거부했다.

그랬기에 눈썹이 휘날리다 못해 뽑힐 정도로 떨어지는 데도, 내 두 눈은 가까워지는 지면에 고정되었다.

이대로라면 머리가 수박처럼 터져나갈 거고, 탈태환골 한 육신은 곤죽이 될 게 분명했다.

초절정 무인이 된 지 일각도 안 돼서 떡이 되는 기사를 보여주는 거다. 물론 절대 그럴 순 없었다.

그나마 있는 정신머리로 옆을 둘러봤다. 혀를 빼물고 기절한 우두머리가 보였다.

심약하다며 비웃어주고 싶었지만, 경직된 입꼬리는 이를 거부했다.

저 밑에서 큼지막한 바위가 어서 오라고 손짓하는 중이었다.

"안 돼!"

가만히 손가락만 빨고 있을 순 없는 노릇이다. 난 손을 뻗어 우두머리를 잡아챘다.

유난히도 덩치가 큰 이놈을 푹신한 받침으로 삼으면 죽으면 다행이고, 살아도 병신이겠지?

탈태환골까지 해서 초절정에 이르렀는데, 이런 병신같은 최후라니!

"뭔 놈의 팔자가 이리 드세에에—!"

난 온 힘을 다해 발길질했다. 절벽 쪽을 향해서.

타앗, 우지끈!

절벽을 찬 발이 순식간에 부러졌다.

"끄아아악!"

떨어지는 가속도가 붙은 상태에서 찬 절벽이었다. 당연히 발이 멀쩡할 리가 없었다.

휙!

천만다행이게도 방향은 틀어졌다.

큼지막한 바위가 아닌 우거진 수목들을 향해서!

울창한 수림이 코앞까지 다가왔다.

난 우두머리를 콱! 틀어쥐고는 주문을 외웠다.

제발, 나뭇가지에 걸리기만 해라!

사사사삭!

잔 나뭇가지가 칼날이 되어 우두머리 늑대의 두꺼운 가죽을 갈라냈다. 여기서 끝이 아니었다.

제법 굵은 나뭇가지 하나가 둘을 기다렸다.

순간 난 몸을 최대한 웅크렸다. 어떻게든 가슴 쪽을 보호하기 위해서다. 팔다리는 부러져도 다시 붙을 순 있겠지만, 가슴과 배 쪽은 아니었다. 내부장기들이 터지면 정말 끝장이다.

퍼어어억!

어마어마한 충격이 늑대의 육신을 타고 내게 전해졌다.

그리고 알아챘다.

38

우지끈, 뚝딱!

내 사지가 수수깡처럼 부러졌음을!

"끄아아악!"

그나마 절벽을 차고, 우두머리의 늑대의 육신을 보호대로 삼았기에 망정이지. 만약 혼자 떨어졌다면 단숨에 떡이 됐을 거다.

한 마디로 즉사!

천만다행으로 나뭇가지가 부러졌고, 속도도 늦춰졌다.

형언할 수 없는 고통은 차치하고, 난 그 찰나에도 부러진 사지를 끌어당겼다. 무슨 일이 있어도 우두머리 늑대의 육신을 놓지 않았다.

핏기가 가신 양손은 이미 팔이 부러졌음에도 맡은 바 임무를 다하고 있었다. 누가 와서 떼려고 해도 떼어지지 않을 정도로 꽉 움켜쥐었으니 당연했다.

두 번째 충격이 올 것이다.

난 제발 땅바닥이 아니길 빌었다. 속도가 줄었다 해도 이대로 땅바닥에 부딪히면 부러진 뼛조각이 튀어나올 수 있는 상황이었다.

그럼 끝장이다.

부러진 것도 모자라 피를 더 흘리면 과다출혈로 죽을 거니까.

제발, 제발!

39

투우우웅!

부딪치는 순간 깨달았다. 다행히도 땅바닥이 아닌 나뭇가지란 걸!

거기다 나뭇가지가 부러지지 않고 활대처럼 휘어 충격을 어느 정도 흡수해줬다. 빗겨 걸린 데다가 속도가 많이 준 덕분이었다.

그럼에도 고통은 줄지 않았다. 엎친 데 덮친 격으로, 이자에 이자까지 쳐서 찾아왔다.

"흐어어어억!"

부러진 팔다리에서 전해지는 충격 때문에 눈깔이 절로 까뒤집혔다. 형언할 수 없는 고통에 난 그대로 까무러치고 싶었지만, 정신은 여전히 멀쩡했다.

이 끔찍한 상황 속에서도 제정신을 유지한다는 게 꼭 좋은 것만은 아니었다.

후두둑!

활처럼 휘었다가 퉁겨진 나뭇가지의 탄성에 의해 육편이 흩날렸다. 우두머리 늑대의 것이었다. 형체를 알아볼 수 없을 정도로 아주 엉망이다.

그 반동으로 퉁겨져 떨어지던 난 두 눈을 질끈 감았다.

이제 뒤로 닥칠 충격을 대비하는 동시에 죽음을 준비하는 중이었다. 몸을 돌릴 새도 없었다. 더 정확히는 확인하고 싶지 않은 거였지만.

40

제발 바위가 아니길 간절히도 빌었다.

퍼어엉!

등짝이 빠개지는 충격과 함께 찬 기운이 전신을 덮쳤다.

"……!"

하늘이 도왔다.

천만다행으로 떨어진 곳은 수림에 자리한 시내였다. 그것도 어른 허리춤도 안 되는 깊이다.

그러나 물이 내 전신을 감싸기엔 충분했다.

편안함과 아늑함을 느낄 새도 없었다. 물에 떨어진 충격에 팔다리에선 끔찍한 고통이 일었다. 몸을 바로 세울 수가 없었다. 뼈가 조각이 난 팔다리로 불가능했고, 수영한다는 건 말도 안 됐다.

허우적대려는 순간, 끔찍한 고통이 찾아왔다. 그렇다고 가만히 있자니 물속이다. 이대로 숨을 못 쉬면 익사였다.

설마 어른 허리춤도 안 된 깊이에서 빠져나오지 못해 죽는 건가?

"그아아아!"

입에서 하얀 거품이 터져 나왔다.

숨을 참을 만큼의 공기를 모으지 못했고, 받은 충격도 컸다.

몸은 심각한 부상 탓에 공기유입을 극도로 바랐다.

팔다리는 더 이상의 힘을 줄 수 없는 상태였다.

혹사당할 대로 혹사당한 터.

몸부림치는 것만으로도 용했다.

고통을 참아가며 휘저으려고 해도 점점 내 제어를 따르지 않았다. 할 도리를 다한 것이다.

폐에 물이 차니 부력마저 없어지고 있었다.

덕분에 난 시내 밑바닥으로 가라앉는 중이었다.

쿠웅.

바닥의 흙먼지가 일었다..

일렁이는 물 위로 보이는 하늘.

아깐 흐렸는데 갠 탓인지 푸른 빛을 띠고 있었다.

짜증 나게 아름답네.

"그으으으."

설마 이런 시내에서 빠져 죽게 되다니, 접싯물에 코 박고 죽는 기분이 이런 걸까 싶다.

탈태환골까지 한 초절정 무인이 허리춤 깊이의 시내에 빠져 죽는다?

늑대에게 산채로 잡아먹히는 것보단 낫지만, 허무한 최후가 아닐 수 없다.

이젠 눈이 점점 감겨왔다.

죽음이 코앞으로 다가왔다.

"으으……!"

눈앞이 가물거리며 어둠으로 물들던 그때.

푸우우.

하얀 물거품 사이로, 창백하다 못해 투명한 손이 나에게로 다가왔다. 그 손의 주인을 확인할 새도 없었다.

생전 처음으로 정신줄을 놓았으니까.

第 2 章

第 2 章.

1

운무가 그득한 첩첩산중.

해가 일찍 떨어지는 곳이라 그런지 금방 어둑해졌다.

보름이 흐른 내 몸 상태는 엄청나게 호전되어 있었다.

들기론 석 달 이상 정양이 필요하다 했는데, 이미 몸의 뼈는 모두 붙은 상태였다. 뼈가 살을 찢고 튀어나올 정도로 심각한 부상은 아니기도 했고, 짐승 같은 회복력 덕분이기도 했다.

아니 그 이상인가?

"후우, 후우!"

난 몸을 움직여서 관절이 굳지 않도록 했다.

끼이익.

문이 열리는 소리와 함께 누군가 들어왔다. 이 초라한 모옥에 어울리지 않는 외모를 가진 여인이었다.

생명의 은인이기도 한 그녀는 초난희(草蘭熹)라고 했다. 사람도 이름 따라간다고, 외모도 그 이름대로다.

정숙한 자태에 어울리는 비단 같은 머릿결이 눈앞에서 하늘거렸다.

"공자님, 제가 아직 움직이면 안 된다고 했잖아요."

걱정 어린 질책에도 난 움직임을 멈추지 않았다.

탁.

그녀가 탁자 위에 약사발을 내려놓았다.

고약한 냄새.

또 그 탕약이다.

내 움직임이 절로 멎어졌다.

"이제 안 마셔도 된다."

"마셔야 해요. 몸이 좋아진 것 같을 때에 더욱 조심해야 하는 법이에요."

"……."

내가 불만스런 표정을 지어도 초난희는 눈 하나 깜짝 안 했다. 당연히 할 일을 한다는 듯이 다가와 날 도로 눕혔다. 부드러운 손길에도 난 미간을 찌푸렸다.

"너무 애 취급을 하는군."

"그게 싫으면 애처럼 굴지 마요. 다 큰 청년이면 청년답게 행동해야죠, 공자님."

확실히 지금의 난 누가 봐도 약관의 청년이었다. 그것도
지체 높은 집안의 자제처럼 귀티가 잘잘 흘렀다.

남루한 의복으로도 타고난 외모와 분위기는 감출 수 없
는 거지.

초난희가 물었다.

"한데 이름은 언제 말해줄 거예요?"

"······."

꿀 먹은 벙어리 마냥 입을 다물었다.

이 몸의 주인인 남궁일이란 이름이 있었지만, 그건 내
이름이 아니었고 말해서도 안 됐다. 누군가에게 불릴 이름
조차 없었고, 불러줄 사람도 없었다.

생각해둔 이름은 있었다.

말해줄까 말까?

의원이라 환자의 과거에 대해 별로 궁금해하지 않았
고, 입도 무거워 보인다. 그래도 잠시 머뭇거릴 수밖에
없었다.

초난희는 말하기 곤란하다고 여겼는지, 살포시 미소를
지어줬다. 섬섬옥수가 척하니 내 이마에 대어졌다.

손이 차서 깜짝 놀란 건지 아니면, 예상할 수 없는 행동
때문인 건지.

난 두 눈을 부릅떴다.

초난희의 붉은 입술이 나풀거린다.

"다행히 염증으로 말미암은 발열증세는 없군요. 정말이지 놀라운 회복력이지만, 탁월한 의술 실력을 갖춘 누군가의 보살핌 덕분이겠죠?"

"자화자찬이 지나쳐."

"전 그래도 돼요. 살리는데 들어간 의술과 노력만 해도 값을 매길 수 없을 정도였으니까요."

"……."

난 자연스레 입을 다물었다.

말 그대로였다.

둘 사이에 정적이 흘렀다.

초난희는 부드럽게 웃고는 탕약을 가리켰다.

"그러니 말끔히 비워내요."

"나중에 마실 테니 놓고 가."

내 꼼수에도 그녀는 속지 않았다.

"제 앞에서 마셔요. 지난번 탕약, 화단에 버린 거 다 아니깐."

"…어떻게 알았지?"

"화단의 꽃들이 모조리 죽었거든요."

"……."

그런 걸 사람에게 먹이고도 양심의 가책을 못 느끼나 보다.

초난희는 연신 채근한다.

기어코 먹는 걸 보고 말겠다는 거지.

"어서요. 탕약의 양이 두 배로 늘어나길 바라요?"

"제기랄!"

난 결국 코를 틀어쥐고 탕약을 마시는 멍청한 짓을 저지르고 말았다.

꿀꺽, 꿀꺽.

탕약이 목울대를 타고 넘어갔다.

찌르르!

필설로 형용할 수 없는 맛과 향이 오장육부도 모자라 뇌리마저 관통했다.

곧 영혼의 절규가 뱃속에서부터 치고 올라왔다.

"끄아아아아―!"

목을 부여잡으며 긁어대며 몸부림을 쳤다.

보름 내내 먹었는데도 도저히 익숙해질 수 없는 이 맛.

처음 이걸 맛봤을 땐, 난 한나절을 기절했었다.

미각이라는 걸 모르고 살다가 맛본 그녀의 탕약은 정말이지 필설로 형용할 수가 없었다.

이딴 조제법을 만든 사람의 멱살을 잡고 삼일 밤낮으로 패주고 싶은 맛이랄까?

"크으으."

난 한참을 버르적거리다 겨우 정신을 추슬렀다.

초난희가 소매로 입을 가렸다. 웃고 있는 게 확실하다.

생명의 은인을 때릴 수도 없고, 난 두 눈만 희번덕거렸다.

초난희의 눈매가 곱게 휘었다.

내 표정이 절로 썩었다.

"젠장……."

"맛은 그래도 효과는 확실하죠.?"

"그래도 수준이 아니라 개똥 같은 맛이야! 대체 어떻게 만들어야 이딴 맛이 나오는 것이냐."

혹평과 달리 난 그녀의 말을 인정할 수밖에 없었다. 날이 갈수록 좋아지는 몸 상태만 봐도 알 수 있었다.

이 개똥 같은 탕약의 효과는 매우 뛰어났다.

정말 똥 씹은 얼굴을 한 날 보며 초난희는 부드러운 목소리를 내었다.

"무리하지 말고, 누워있어요. 휴식이 몸에 가장 좋은 보약이니까요."

앞에 '가가' 나 '낭군' 이라는 말이 붙어도 전혀 이상하지 않을 어조였다. 물론 말한 내용은 용납할 수 없었다.

그럼 휴식을 주지, 왜 이런 개똥 같은 탕약을 주는 건데!

속이 부글부글 끓어올랐다.

초난희는 별반 신경 쓰지 않고, 저주받을 탕약 그릇을 치웠다.

"선녀님, 어디 계세요? 선녀님!"

낯뜨거운 호칭이 들려온다.

밖에서 자신을 부르는 소리에 초난희가 밝은 목소리로
외쳤다.

"진료 중이니까. 곧 나갈게요."

"얼굴 거죽도 두껍지."

"호호."

초난희는 내 비아냥거림에 그저 웃었다.

그녀가 화전민 촌인 이곳에서 선녀라 불리는 이유는 간
단했다. 대가 없이 의술을 펼친 덕분이었다.

열악한 환경에서 사는 화전민들.

그들은 의술을 제대로 받을 수도 없는 환경에 살았다.
제대로 된 치료는 고사하고, 두 달에 한 번 씻을까 말까 할
정도로 청결하지 못했다. 가벼운 찰과상을 큰 상처로 키우
는 경우가 태반이었다.

그런 상황에서 하늘에서 뚝 떨어진 그녀.

화전민들이 그녀를 선녀라고 여기는 건 당연한 수순이
었다. 초라한 의복으로도 가릴 수 없는 고귀한 자태와 자
애로운 성품은 물론이거니와, 돈 한 푼 받지 않고 의술을
행해왔다. 환자의 등창에 인 더러운 고름도 직접 입을 대
어 빨아냈다고 한다.

그런 그녀를 누가 싫어할까?

초난희의 위상이 어떨지는 말 안 해도 알 것이다. 거기다 단정하게 머리만 빗었을 뿐인데, 타고난 미모를 숨길 수도 없었다.

묘령의 여인이 인적이 드문 산중에 홀로 사는 것도 수상한데, 의술 실력까지 뛰어나다니.

이곳에 자리 잡은 게 일 년이 넘지 않았다면, 난 그녀를 대번에 의심했을 것이다.

운명이나 우연이라고 치부하기엔 너무 시기적절했으니까.

"뭘 그렇게 봐요? 이 선녀 얼굴에 뭐라도 묻었나요?"

어떻게 제 입으로 말하고도 얼굴색 하나 안 변하는지.

뻔뻔하기로 따지면 천하제일이다.

"……."

"탕약을 억지로 마시게 해서 삐친 거예요? 하여튼 이럴 때 보면 공자님은 정말 애 같다니까. 가만히 있어봐요. 입 닦아줄게요."

내게서 답이 없자, 다정하게 손을 뻗어온다.

마음이 절로 불편해졌다.

덥석.

난 그녀의 손목을 낚아챘다.

살짝 커진 그녀의 눈망울이 시야에 들어왔다.

"제 손목을 이렇게 쉽게 잡은 분은 공자님이 처음이에

요."

"뭐 얼마나 대단한 손목이라고, 네 손은 차가워서 기분
나쁘다."

"……"

섭섭해할 만도 했다.

죽은 목숨 구해줬으면 엎드려 절해도 모자라거늘.

초난희는 혀를 살짝 빼 무는 걸로 섭섭함을 달랬다.

"차가워서 미안하네요. 손이 차가운 사람이 마음이 따
뜻하다는 말 몰라요?"

"그랬으면 북해의 빙궁엔 사랑이 넘쳐흘렀겠지."

이 강호를 호시탐탐 넘볼 일도 없겠고.

초난희가 아미를 살짝 추어올렸다.

"네?"

"아니다."

난 그녀의 손목을 놔주고는 소매로 주둥이를 대충 닦았
다. 돌아누우며 그녀에게 통보했다.

"잘 거다."

"네네, 혹 불편한 데 있으면 말해주고요."

"일없다."

무뚝뚝한 대답에도 초난희는 걱정을 듬뿍 담아 말했다.

"절대 무리하면 안 돼요."

코웃음이 절로 쳐졌다.

"개똥 같은 탕약을 잔뜩 먹여놓고 무리하지 말라니. 어처구니가 없군."

"후후."

초난희는 작게 웃고는 걸음을 옮겼다.

끼익, 탁.

문이 열리고 닫히는 소리가 들렸다.

병실로 쓰는 이 초라한 모옥에 적막감이 감돌았다.

이상한 여인이었다.

그녀에겐 마음을 불편하게 만드는 특별한 뭔가가 있었다. 덕분에 짜증만 치솟았다.

상체를 벌떡 일으켜 가부좌를 틀었다. 무리한 자세가 아니었는데도 아직은 통증이 일었다. 초난희의 말대로 아직 완쾌되지 않은 것이다.

하지만.

깨졌던 단전은 더욱 튼튼해지고 넓어졌다. 탈태환골 덕분이었다.

"후우우."

남궁일이 익히고 있던 심법을 운용해봤다.

남궁세가의 직계들만 익힐 수 있는 비전 중의 비전.

내기가 어떤 경로를 따라 흐르는지 알고 있었고, 구결은 눈감고도 외웠다.

"……."

한 식경이 흘렀을까.

이마에 땀이 흥건해졌다.

내공을 운용해서?

아쉽게도 아니었다. 어떻게 된 영문인지 내공이 조금도 미동하지 않았다.

깨달음을 내 걸로 만들어 탈태환골까지 한 마당이었다.

당시엔 전신을 휘도는 내공의 존재를 느꼈었다. 물론 자신의 통제가 아닌 단전이 깨져 들불처럼 일어났던 거였지만, 정수리가 내공에 의해 폭발하는 느낌까지 받았다.

한데 내 통제하에서, 정확히는 심법으로 내공이 움직이지 않는다고? 절벽 위에서처럼 일시적인 게 아니었단 말인가?

말이 되질 않았다.

"대체 어찌 된 영문인지 모를 일이군."

정녕 내공을 운용할 방법은 없는 걸까.

누구에게 조언을 구할 수 있는 상황이 아니었다.

스윽.

가부좌를 풀고 창가 쪽으로 걸어나왔다.

초난희를 둘러싼 화전민들이 보였다.

초난희에게?

더더욱 안됐다.

정체도 모르거니와, 왜 화전민촌에 와서 의술을 펼치는지 이유조차 몰랐다. 어쩌면 남궁일과 같은 부류일 수도 있지만.

"……."

그런 똥 멍청이는 세상에 다시 없지.

때마침 화전민과 담소를 나누던 그녀가 이쪽을 바라봤다.

깊고 그윽한 눈망울에 웃음기가 맴돌았다.

인상을 써준 난 침상 쪽으로 향하다 배를 문질렀다.

"그나저나 왜 이렇게 허기가 지는 거지?"

탕약에 뭔 짓이라도 해놓았거나, 또 아니면 엄청난 회복력 때문일 게 분명했다.

오늘도 산의 과실나무에서 따로 배라도 채워야겠다.

2

운무가 자욱한 화전민촌에서 또 보름을 흘려보냈다.

짐승 같은 회복력 덕에 여전히 허기는 졌지만, 몸 상태는 굉장히 호전됐다. 이젠 정상이라고 해도 좋았다. 거동은 물론 뜀뛰기를 해도 될 정도였다.

놀란 초난희의 표정을 보는 건 썩 나쁘지 않은 일이었으

58 1

나, 내 상태는 여전했다. 아직도 내공을 움직일 방도를 찾지 못한 것이다.

아쉬움이 남았다. 그렇다고 삶에 지장이 있는 건 아니었다.

내공은 여전히 미동조차 하지 않았다. 그래서 다른 쪽으로 생각을 돌렸다.

육체단련.

이유는 간단했다.

육체를, 근육을 움직일 때마다 느껴지는 통증 속의 활력이 미치도록 좋았다.

아, 이런 게 살아있는 기분이구나 싶었다.

근력도 붙고, 몸에 대한 통제력도 길러졌다.

그래서 지금도 나무에 매달려 턱걸이를 하는 중이다.

"후웁!"

턱걸이가 막 이백 개를 넘는 순간.

주위에서 지켜보던 화전민들의 두 눈이 휘둥그레졌다. 탄성마저 흘러나왔다. 개수도 개수지만, 처음 턱걸이를 했을 때 고작 대여섯 개에 그쳤던 그였다.

근데 한 달 새에 이백 개라니, 그것도 사지가 넝마가 된 중상자가 말이다.

"정말……."

초난희가 다른 환자를 진료하며 걱정 어린 눈길을 보냈

지만, 난 아랑곳하지 않았다. 그저 근력단련에 중독된 사람처럼 미친 듯이 움직였다.

불과 한 달 전에 사지가 작살이 났던 사람이 할 행동이 아니었다.

당시 내 상태를 직접 봤던 환자들이나 의동(화전민들의 자녀)들은 턱이 빠져라, 입을 벌렸다.

"저, 저 공자님은 사람 맞는가? 혹 귀신 아니여?"

"뭔 소리를 하는가. 딱 보면 모르겠나? 강호인 아니겠어? 왜 장풍 쏴대고 방귀 한 번 껴대면 삼 장을 날아간다는 사람들이 있잖은가."

"하긴, 나도 들었네. 어이쿠! 그럼 저 공자님이 강호인이었어? 어쩐지 눈빛이 무진장 사납더라니."

"그러게. 난 저번에 말 한 번 걸었다가 오줌쌀 뻔했다니까. 왜 강호인들은 눈빛만으로도 사람 죽인다고 하잖은가!"

"허헐, 대단한 공자님이셨군."

귀로 들려오는 무지한 말들에 난 턱걸이를 멈췄다. 매서운 눈초리로 쏘아봤다.

"허, 험!"

헛기침하며 화전민들이 서둘러 고개를 돌렸다. 그러면서 딴청을 피웠다.

마음 같아서는 깊은 숲 속으로 가서 하고 싶은데 그럴

수가 없었다.

초난희.

그녀 때문이었다.

절대로 허락할 수 없다며, 안정에 안정을 취해야 한다고 했다. 탕약까지 싸들고 쫓아다니며 말릴 기세였다.

그 성화에 어쩔 수 없이 이 은백양(銀白楊 : 미루나무)에서 하는 거다.

이렇게 멀쩡하다는 걸 보여주면 더는 귀찮게 굴지 않을 게 분명하니까.

휘릭!

난 나뭇가지를 잡은 양팔 사이로 두 다리를 집어넣었다. 그리고 나뭇가지를 양 무릎 안쪽에 끼웠다.

나뭇가지에 거꾸로 매달린 채 윗몸일으키기를 할 작정이었다.

못해도 사(四)장은 되어 보이는 높이에서 저러니 화전민들은 소스라치게 놀랐다.

초난희가 못 참고 한소리 했다.

"그러다 떨어져서 다치면 어쩌려고요."

드물게 목소리까지 높였지만, 그마저도 고와서 듣는 이의 귀를 즐겁게 했다.

"공자님, 위험하니 그만 내려오십시오."

화전민들도 한 소리씩 거들었지만, 난 들은 체도 안 했다.

몸을 단련하는 데 여념이 없었다.

걱정하는 목소리들에 신경이 거슬렸지만, 뒤이어 들려온 목소리가 더욱 긁어댔다.

"무리하면 안 돼요."

"후웃, 후웃!"

난 안 들린다는 듯이 윗몸일으키기에만 집중했다.

"후우, 정말."

초난희가 길게 한숨을 내쉬었다.

그런다고 어디 씨알이라도 먹히겠나.

"후웃, 후웃!"

난 계속 움직였다.

시원도 시원지만, 이 움직일 때마다 느껴지는 기분 좋은 느낌을 어찌 버린단 말인가.

여태 단 한 번도 느껴본 적이 없었던 감각이었다.

백 개를 겨우 채우고 근육이 비명을 질러댔지만, 그래도 좋았다.

"떨어진다니깐요."

초난희가 고개를 절레 흔들며 신형을 돌렸다.

물론 난 그녀에게서 관심을 껐다. 지금 이 살아있다는 느낌이 미치도록 좋았다. 내친김에 백 개를 더하고 싶을 정도였다.

"어이쿠! 공자님, 또 시작하려는 갑네."

"그러게, 대단…… 어, 어!"

"……."

막 떠나려던 초난희가 화전민들의 놀란 말에 고개를 돌렸다.

우지끈!

매달렸던 나뭇가지가 움직이는 반동을 못 이기고, 기어코 끊어지고 만 것이다.

지난 시간 동안 미친 듯이 흔들어댔으니 그럴 만도 했다.

"아, 안 돼!"

누군가 비명 섞인 외침을 내질렀다.

저 높이에서 거꾸로 떨어지면 목이 부러져 죽을 수도 있었다. 절대 우습게 볼 높이가 아니건만, 기어코 사달이 벌어진 것이다.

"내가 뭐랬어요."

초난희가 외쳤다.

"홋!"

난 떨어지는데도 불구하고 코웃음을 쳤다.

이래 봬도 십오 장이 넘는 절벽에서 떨어져도 살아남은 사람이라고.

휙!

가슴을 기점으로 신형을 크게 휘돌렸다. 그러자 어렵지

않게 공중에서 신형을 바로잡을 수 있었다.

머리와 발의 위치가 뒤바뀐 상태이나, 떨어진다는 사실
엔 변함이 없었다.

의동들은 양손으로 얼굴을 가렸고, 화전민들은 고개를
돌렸다.

다리는 물론, 엉덩방아라도 찧으면 척추가 부러질 수 있
는 높이였다.

초난희의 눈이 살짝 커진 순간.

난 기합성을 내질렀다.

"하압!"

땅에 발을 디디는 찰나의 순간을 이용해, 다리의 근육에
힘을 빡! 줬다. 버티기 위함이 아니라 탄탄한 무릎을 이용
하기 위해서다.

쿠웅!

충격이 전신을 찌르르 타고 흘렀다.

몸이 최대한도로 굽혀졌다. 엉덩이와 지면이 맞닿을 뻔
했지만, 난 허벅지 근육과 무릎의 탄성을 이용해서 다리를
쭉— 폈다.

충격을 탄성으로 전환한 것이다. 마치 살쾡이나 호랑이
처럼 날렵하기 그지없는 동작이었다.

찌릿할 정도로 다리가 저렸으나 큰 문제는 없었다.

오히려 근육을 쓴 뻐근함이 좋았고, 온몸에 전해지는 짜

릿함엔 웃음이 절로 머금어졌다.

아니나다를까.

화전민들의 휘둥그레진 눈이 보였다.

"저, 저……!"

그래, 제대로 말 잇기가 어려울 정도로 놀랐겠지.

안다, 멋있는 거 나도 안다.

"조심해요!"

"뭐?"

초난희의 감탄이 아닌 경고에 의아해할 새도 없이.

쿵!

떨어진 굵은 나뭇가지가 그대로 내 정수리를 강타했다.

"커헉!"

철푸덕.

난 그대로 납작 엎드려야 했다.

장정에게 밟힌 개구리의 신세가 이와 같을까.

"그러게 내가 뭐랬어요?"

초난희의 나무람을 끝으로.

내 의식은 나락으로 떨어졌다.

난생처음 아니, 두 번째로 정신줄을 놓은 것이다.

젠장, 얼굴 팔리게.

3

정신을 차린 건 다음 날 저녁이었다.

사서 고생한다.

지금의 내게 딱 어울리는 말이었다. 초난희의 잔소리를
들어야 했으니까.

귀에 물이 찰 지경이었다.

"…충분히 알아들었다."

"충분히 알아들을 만한 사람이 그래요? 그러게 내가 뭐
랬어요? 절대로 무리하면 안 된다고 말했죠. 사람이 말을
안 들어도 너무 안 들어요. 공자님은 환자라고요, 환자. 머
리가 깨져 죽어봐야 정신을 차리겠어요?"

이미 한 번 죽어봤다. 그리고 죽으면 대개 정신을 못 차
린다.

남궁일처럼 넋을 놓지.

그나저나 정말 얼빠진 표정이었다. 피식 웃음이 흘러나
올 정도로.

초난희가 허리춤을 양손으로 짚었다.

"정말, 사람 애간장 태우는 게 취미도 아니고 어째서 의
원인 제 말을 이렇게 듣지 않는지 의문이에요. 아무리 말
안 듣는 악동이라고 해도 공자님처럼 제 말을 안 듣지는
않을 거예요. 그리고……"

여전히 끊이지 않는 잔소리에 난 인내심을 시험받는 중이었다.

저 입을 다물게 하고 싶지만, 그러지 않았다. 어떤 감정에 기인하는 건지 알고 있어서다.

걱정.

그 낯뜨거운 감정을 알기에 참는 중이다.

"제 말 듣고 있어요? 사람을 걱정시키지 못해서 왜 이렇게 안달이에요. 청개구리 같아요. 남자들은 왜 고생을 사서 하는지 모를 일이에요. 걱정하는 사람 마음도 몰라주고."

언제 봤다고 이리 걱정하는 건지 모를 일이다.

하긴, 환자를 제 몸처럼 돌보는 멍청한 여자니깐 그럴 수도 있겠다.

남궁일 정도는 아니더라도, 머저리라는 사실에 변함없으니까.

그나저나 이젠 머리가 지끈거려왔다.

"그쯤 하면 알아들었으니까. 그만해."

"뭐라고요?"

초난희는 눈꼬리를 상큼하게 치켜세웠다.

"머리가 아프군."

관자놀이를 짚은 내 행동에 그녀가 다가왔다.

"이쪽으로 누워요."

초난희가 손을 뻗어왔다.

난 당연히 그 손길을 거부했다.

"네 손은 차서 싫다."

그리 말하고는 돌아누웠다.

초난희는 고운 아미를 찌푸렸다.

"정말 공자는……."

"쉬고 싶다."

더는 잔소리를 듣기 싫다는 거지.

초난희는 깊은 한숨을 내쉬었다. 요즘 들어 부쩍 한숨이
많아진 그녀였다. 초난희가 신형을 돌렸다.

그 뒤를 향해 참았던 한 마디를 던졌다.

"난 떠날 거다. 그러니 더는 신경 써 줄 필요 없다."

"……."

문고리를 잡던 초난희가 딱 멈춰 섰다.

내가 침묵하자, 나지막한 한숨이 초난희에게서 흘러나
왔다.

"어째서죠?"

고저가 없는 목소리임에도 듣기는 좋았다.

난 고개를 슬쩍 돌려 그녀를 바라봤다.

마침 그녀도 날 보고 있었다. 대답을 요구하는 것이다.

정적이 흘렀다.

밖에서 들려오는 풀벌레 소리가 그 정적을 깨트렸다.

밤이라 그런지 유난히도 크게 들려왔다.

난 여전히 조용한 그녀를 흘끔 보고는 다시 고개를 돌렸다.

"다 나았으니까."

"……."

초난희는 대꾸없이 가만히 서 있었다.

불편한 침묵이 계속되었다.

다시 한번 말할까?

아니, 그럴 필요 없었다. 귓구멍이 막힌 것도 아니고 잘 알아들었을 것이다.

하지만.

"무슨 말인지 잘 모르겠네요."

"뭐?"

정말 귓구멍이 막혔나?

난 상체를 일으켜서 초난희와 마주했다.

그녀는 차가운 눈망울을 하고 있었다. 이곳에 온 뒤로 처음 봤다.

"아직 공자님은 낫지 않았고, 치료가 더 필요해요."

뛰어난 의술을 가진 그녀다. 지금의 내 상태를 절대로 모를 리 없었다.

어처구니없는 억지다.

"다 나았다."

"의원인 내가 낫지 않았다고 하는데, 무슨 말이 그리 많아요. 그러니 됐다고 할 때까지 어디 갈 생각은 꿈도 꾸지 마요."

"뭐라고?"

내 반문에 초난희가 냉랭한 표정을 지었다.

"치료비도 안 내고 어딜 가려고요."

아, 그런 거였군.

난 할 말을 잃었다.

화전민들에게 돈 한 푼 받지 않고 의술을 베풀던 그녀였기에 생각지도 못했다. 물론 날 살려준 은혜를 생각하면 막대한 돈을 쥐여줘도 모자랐다.

생각지 못한 한 방에 낯이 절로 뜨거워졌다.

"이거 실례가 많았다."

난 품속을 얼른 뒤적였다.

부스럭.

남궁일이 지녔던 전낭이 품 안에서 나왔다. 기름을 잔뜩 먹인 가죽으로 만든 거라, 어느 정도 방수처리는 되었다. 다행히 내용물인 전표다발은 무사했다.

그걸 초난희의 앞에 있는 탁자 위에 놓았다.

"못해도 삼백 냥은 될 거다."

꽤 많은 돈을 가지고 다니던 남궁일이다. 늘 협객행이 끝난 뒤에 여비로 쓰고남은 돈은 어김없이 빈민촌에 기부했었다. 어려운 이를 위해 재능과 돈을 베푸는데 아낌이 없었다.

이 돈도 그렇게 쓰일 돈이었지만, 마지막 협객행이었기에 그러질 못했다.

기부가 다른 이들에게 알려지길 원치 않았기에 소액전표로 이루어져 있었다.

추적당할 염려도 없고, 부족하지도 않으리라.

근래 부쩍 한숨이 많아졌다는 의동의 말도 있었다. 그 이유가 자신의 치료비였다니 생각지도 못했지만, 잘된 일이었다. 이렇게라도 마음의 빚을 지워낼 수 있다니.

"……."

초난희는 그 내용물조차 확인하지 않고 멀거니 서 있었다.

절로 의문이 들었다.

"부족한가?"

"돈 많은 집안의 공자님답게 돈도 많이 들고 다니시네요."

날이 선 어조에 난 미간을 찌푸렸다.

"그게 내 전 재산……!"

"천 아니, 이천 냥이에요. 공자님의 목숨 값은 그 정도 돼요."

너무 터무니없어서 말문을 잃을 정도였다. 어째서 이천

냥이라고 부른지 충분히 알만해서다.

지금 당장 그 금액을 구해오지 못할 거로 생각했을 테니까.

그녀의 목소리는 딴 사람이라고 생각될 정도로 차가웠다.

"사람의 목숨은 돈으로 매길 수 없다지만… 전 공자님을 구한 가치가 그 정도는 된다고 생각해요. 오히려 덜 받은 거죠."

코웃음이 절로 나왔다.

"그럼 화전민들에겐 그 정도의 가치가 없어서 돈을 받지 않았던 건가? 내가 듣기론 화전민들에게는 사람을 구하는 건 당연한 일이라며 사양한 걸로 아는데."

"공자님은 달라요. 돈 있는 사람이니까요."

"돈이 있으니까 받는다? 하긴, 틀린 말은 아니군."

난 피식 웃었다.

초난희는 고개를 돌려 외면할 뿐이었다.

"당연히 대가를 치러야지. 한데 지금은 내가 그 돈이 없어서 당장 줄 순 없고, 그 돈을 받고 싶다면 내게 말미를 줘라. 아니면 내게 따로 원하는 게 있나?"

냉소적으로 들렸을까.

고개 숙인 그녀의 어깨가 살짝 떨렸다.

난 아랑곳하지 않았다. 오히려 발을 옮겨 그녀의 앞에 섰다.

"내게 마음이 있는 건 아닐 텐데, 굳이 날 붙잡는 이유가 뭐냐?"

"……!"

초난희가 바짝 고개를 쳐들었다. 의외로 걱정 어린 눈망울이 자리했다. 가슴이 절로 답답해졌다.

그녀는 내 답답함을 해결해줄 생각이 없는지 입을 다물었다.

다가서며 재차 물었다.

"정말 돈 때문인가?"

"……."

초난희는 한발 물러섰다.

흔들리는 봉목이 물끄러미 올려다본다.

난 그녀의 허리춤을 향해 손을 뻗었다.

초난희가 움찔했지만 다물린 입은 열릴 생각이 없었다.

분명 뭔가 있는데…….

궁금증이 고개를 쳐들었지만. 그걸 억누르며 나직하게 읊조렸다.

"천칠백 냥, 곧 마련해주지."

끼익.

허리춤으로 뻗던 손으로 문을 밀어젖힌 후 이어 말했다.

"그러니 이만 나가."

4

문을 닫은 난 침상에 앉았다.

"으음."

큰소리 뻥뻥 쳤어도 돈을 마련할 방도가 마땅히 떠오르지 않았다. 꼭 방법이 없는 건 아니었다. 남궁일이 사유재산을 이용하는 것도 하나의 방편이 되겠다. 물론 바보가 아닌 이상 그걸 쓸 생각은 하지 않는 게 좋았다.

남궁일의 열렬한 지지자였던 남궁세가의 총관을 은밀히 만나는 것 또한 마찬가지다.

말도 안 되지.

가고 싶지 않을뿐더러, 섶을 지고 불 속에 뛰어들 생각은 없었다. 가뜩이나 내공을 운용하지도 못하는 상태인데, 괜히 놈들의 시선을 끄는 건 멍청한 짓이었다. 남궁일과 터럭만큼의 연결고리도 가져선 안 됐다.

지금의 자신에겐 황천길로 가는 배편이었다.

새로 얻은 삶 만큼은 교류조차 없던 쌍둥이를 위해 낭비하고 싶지 않았다.

복수?

개 풀 뜯어 먹는 소리다.

누굴 위해서 복수를 한단 말인가. 이미 죽어 없어진 남궁일이다. 그리고 대체 왜 그래야 하는데? 걔가 어디가 예쁘다고.

그저 혈연으로 이어진 것에 불과한데다, 내가 죽는데 가장 큰 원인이 된 도적놈이다. 나로선 그래야 할 이유가 조금도 없었다.

꼴에 협객행 한답시고, 이리저리 나대다가 미움까지 사서 객사한 놈의 복수를 대체 왜 해야 하는 건데?

"미치지 않고서야."

비웃음이 절로 나왔다.

남궁세가와 남궁일로부터 이어진 인연은 조금도 허용하지 않을 생각이었다.

절대로!

어차피 남궁세가의 무공으로 내공을 운용할 수 없는 것까지 확인한 마당이다.

잘된 거다.

지난 한 달간의 장고 끝에 내린 결론.

이 세상에 남궁일은 없다.

고로 난 남궁일로 살지 않는다.

물론 그러기 위해선 할 게 많았다. 신분부터 해서 무공, 살 곳, 금전적인 문제 등등 골치 아픈 문제가 곳곳에 산재해있었다.

초난희.

그녀와 같이 있는 건 사양하는 바였다. 심산유곡에 숨어든

75

은거기인처럼 선행을 베푸는 인물이나, 제일 싫어하는 유형의 인물이었다.

남궁일처럼 제 앞가림도 제대로 못 하는 얼치기.

보는 것만으로도 짜증이 솟구쳤다.

그 짜증을 참는 건 지난 한 달로 충분했다.

"문제는 돈인데."

이게 좀 골치다. 아무리 유복함을 넘어선 어마어마한 명문세가에서 태어났다고 해도, 세상 돌아가는 이치를 모를 리가 없었다.

천칠백 냥 벌기가 빈털터리에게는 '절대'라는 말이 붙을 정도란 걸 말이다.

저잣거리에선 뼈 빠지게 일해도 못 만질 돈이었다.

일반적인 일로는 꿈도 꿀 수 없달까? 칼 밥을 먹으면 가능할지도.

물론 뛰어난 무공실력은 필수다.

이 살벌한 강호에서 초절정에 이른 무인을 박대할 곳은 어디에도 없었으니까. 빈객으로 맞이해도 모자랄 지경이지.

거대한 상회나 이름난 표국에 호위로 고용될 수도 있고, 아니면 무관을 열수도 있었다.

이외에도 돈 버는 방법은 무궁무진했다.

초절정 무인이라는 전제하에서.

한데 지금의 난 반푼이 그 이상, 그 이하도 아니었다. 씁쓸한 미소가 절로 지어졌다.

전신에 도사리고 있는 내공이 내 통제를 조금도 따르지 않으니, 원.

도리 없다는 말이 딱 어울리는 상황이었다.

"후우."

한숨을 내쉰 난 침상에 누워 천장을 바라봤다.

무공만 쓸 수 있다면, 천칠백 냥 벌기는 식은 죽 먹기였다. 하다못해 전장의 돈을 찾는 모험을 벌여도 됐다. 물론 그랬다간 반드시 라고 해도 좋을 정도로 놈들과 얽히게 될 것이다.

짐승의 밥이 된 줄 알았던 남궁일이 버젓이 살아있다는 사실을 알려주는 꼴이니까.

그로 인해 불어닥칠 후폭풍은 굉장히 귀찮을 것이다.

진퇴양난의 상황.

돈이 없다는 게 문제가 될 줄은 꿈에도 몰랐다.

초난희에게 큰소리치긴 했지만, 천칠백 냥을 어디서 구할지 벌써 막막했다.

두 눈을 감고는 골똘히 생각에 빠졌다.

귓가로 들려오는 풀벌레 소리.

창가로 불어오는 선선한 바람.

화전민촌에 봄이 찾아왔다. 겨우내 잠들었던 것들이

하나 둘 깨어났다.

"……."

난 지난 한 달 동안의 그녀를 떠올렸다. 그리고 돈이란 말로 붙잡으려던 초난희의 표정을 머릿속에 그려봤다.

알 수 없는 그녀의 태도.

어째서 자신을 보내지 않으려고 했을까? 정말 돈을 원하는 이유 때문에?

그럴 리가 없었다.

그간 지켜본 바로 확신했다.

그렇다면 만난 지 한 달 만에, 것도 겉만 뻔지르르한 청년에게 호감을 느껴서일까?

아니지.

난 애송이가 아니었다. 멍청한 착각 따위를 하기엔 지난 세월이 운다.

아무리 그녀가 머저리같이 착하다고 해도 겉모습에 혹할 성품은 아니었다. 초난희는 저잣거리에 널린 멍청한 여인과 다르다. 분명 가진 속셈이 있기에 날 붙잡았다.

차마 말을 꺼내기 어려운 염치없는 이유로.

난 침상에서 몸을 빼냈다. 아무래도 직접 물어봐야겠다.

그리고 초난희와 거래를 하자.

남궁일이라면 목숨을 살려준 은인에게 그러지 않았을 테지만, 난 달랐다.

초난희가 가진 문제를 해결해줘서 마음의 빚을 지울 것이다. 협의가 아닌 이해타산으로 말이다.

그러기 위해선 초난희를 만나는 게 우선이었다.

끼익.

문을 열고 나서자 밤바람이 맞이해줬다.

자연스레 밤하늘을 올려다봤다.

휘영청 달 밝은 밤이다.

"……."

왠지 모르게 마음을 뒤흔들었다. 밤바람을 맞으면서 하염없이 밤하늘만 바라봤다.

불현듯 남궁일이 떠올랐다.

아마도 그라면 열일 제쳐놓고 초난희를 도와줬을 것이다. 오히려 어떤 악조건이 가로막아도 초난희 옆에 서서 도우려고 애를 썼을 테다.

놈은 그런 놈이었으니까.

하지만 난 남궁일이 아니었다. 그 멍청한 놈처럼 협객이 될 생각은 추호도 없었다. 한 배에 같이 있었다고 한들 그와 난 달랐다.

그렇기에.

그와 연관된 건 무슨 일이 있어도 거부할 것이다. 그처럼 행동하고 싶지 않았다. 내가 느끼는 대로, 하고 싶은 대로 행동하면 그만이었다.

이 몸은 남궁세가의 피를 잇기는 했지만, 남궁세가에 신세 진 것은 없었다.

어차피 난 세상에 죽어서 나온 존재였으니까.

정작 그 혜택을 누린 남궁일은 이미 죽었다.

남궁세가의 무공?

그딴 건 엿 바꿔 먹으라지.

쓸 수 아니, 쓸모없는 건 내 쪽에서 사양이다.

"……!"

무언가 머릿속을 번개처럼 스쳐 지나갔다.

어째서 내공이 내 통제를 따르지 않았는지 어렴풋이나마 알 것 같았다.

지금 이 몸을 움직이는 건 남궁일이 아니라 나다.

남궁세가의 남궁일(南宮日)에게서 셋방살이나 하던 기생령인 내가 숙주가 된 것이다. 성질(性質)이 완벽히 달라졌을 가능성을 생각해야 한다.

계속 중언부언하는데.

난 남궁일과 전혀 다른 존재다.

해가 지면 달이 뜨듯이 남궁일은 끝났고 이제 내 차례였다.

"……!"

막막한 시야를 가득 채운 밤하늘.

그 밤하늘에 홀로 뜬 고고한 달이 후벼 파인 가슴속을 채

워줬다. 전해지는 음기에 온몸이 충만해지는 느낌이었다.

어렴풋이 알 것 같았다.

그리고 한 가지 더 결정을 내렸다.

남궁일과 나를 구분 짓는 이름을.

그간 불릴 일이 없어서 생각만 해뒀던 그 이름을.

마음속에서만 맴돌았던 그 이름을 세상 밖으로 꺼내기로.

"…독고월(獨孤月)."

순간 기이한 일이 벌어졌다.

마음속에 파문이 일었다. 고요한 수면위에 동심원을 그리던 것이 파랑이 되었다.

여기서 끝이 아니다.

"……!"

단전에 자리했던 내공이 살짝 일렁였다.

아주 미미한 움직이었지만, 난 그 반응에 입가에 호선을 그렸다. 남궁일과 날 확실히 구분 짓는 방법이 꼭 이름에 국한되진 않을 것이다.

내공을 움직일 가능성이 있는 묘수가 떠올랐다. 기억 속에 있던 것이다.

어쩌면 내공을 운용하는 게 가능할지도.

꼬르륵.

물론 그전에 이 배곯이 소리를 없애는 게 우선이었다.

"흐음."

확실히 몸이 달라지긴 달라졌나 보다. 화전민촌에서 내준 음식을 먹어도 허기가 해갈되지 않았다. 아무래도 산속에 있는 과실나무 신세를 또 져야 할 것 같았다.

第 3 章

第 3 章.

1

과실로 배를 좀 채워 허기를 달래고 난 뒤, 초난희의 처
소 앞에 섰다.

문틈 사이로 흘러나오는 불빛이 있었다. 아직 잠들지 않
은 것이다. 안쪽에서 깊은 한숨이 간간이 들려왔다. 그녀
는 시름에 잠겨있었다.

여인 혼자 있는 모옥에, 것도 밤중에 찾아오는 건 실례
임이 분명했다.

독고월은 남궁일이 아니었다. 그런 걸 따져가며 행동할
이유가 없었다.

쿵쿵.

하지만 자신이 찾아왔음을 알리는 예의는 있었다.

"누구세요?"

고운 목소리의 주인은 당연히 초난희였다.

이런 시간에 찾아올 이가 없었던 건 아니지만, 독고월이 찾아올 걸 예상한 듯했다.

"나다."

"아, 잠시만 기다려줘요."

한 식경이 흘렀을까.

독고월은 참을성을 갖고 기다렸다.

쿵.

그래서 문을 한 번만 두드렸다.

"잠깐만 더 기다려주세요."

침착한 목소리가 재차 들려왔다.

뭘 하고 있길래 이리 뜸을 들이는 건지, 처소 안을 정리하고 있는 걸까?

하긴.

여인 홀로 쉬는 처소에 남자가, 것도 밤중에 찾아왔으니 치울 것들이 많으리라.

"흐음……."

시간이 꽤 걸린다.

"…바쁘면 내일 찾아오지."

독고월은 그리 말하고 몸을 돌리려 했지만, 이어진 목소리에 문고리를 잡았다.

"아니요, 들어오세요."

벌컥.

문을 열자 그녀가 창백한 얼굴로 머리와 옷매무시를 가다듬고 있었다.

경황이 없어 보였음에도 그녀의 자태는 무척 고왔다. 삐쳐나온 머리카락과 초라한 의복으로 가려지지 않았다.

달 밝은 밤에 보니 더 제법이다.

염기가 넘쳐 보인달까?

화전민들이 선녀라고 부르는 데는 다 그만한 이유가 있었다. 젊은 사내라면 그 모습에 응당 가슴이 떨리고, 사지마저 떨리겠지만.

독고월은 겉만 젊지 속은 늙은이나 다름이 없었다. 남궁일을 통해서 그녀보다 더 뛰어난 미인을 봐왔었다.

강호엔 경국지색의 미녀들이 즐비했고, 나이 어린 애송이도 아니었다. 마음이 흔들릴 이유는 조금도 없었다.

"그래도 빠지진 않아."

"네?"

"아니다."

"흠, 내쫓을 땐 언제고 예고도 없이 바로 찾아온 이유가 뭐죠?"

"아까 네가 했던 말의 연장 선상이다. 금전적인 이야기에 관련된 거지."

"……."

그녀는 알겠다는 듯이 고개를 끄덕였지만, 찜찜한 뭔가
가 있었다.

"내일 말해도 됐지만, 쇠뿔도 단김에 빼라고 지금 여기
서 말하지."

"아니요, 안으로 들어오세요."

느닷없는 제안에 독고월은 인상을 그었다.

밤중에 것도 여인 혼자 있는 처소로 들어갈 정도로 눈치
가 없진 않았다.

"보는 눈도 있고, 여기서 잠깐 이야기만 하면 될……."

"보는 눈이 걱정되면 찾아오지 말았어야죠."

맞는 말이었다.

독고월이 고개를 끄덕여 수긍했다.

잠깐이면 되리라.

"알겠다."

독고월은 한쪽으로 비켜선 그녀를 지나쳐 처소 안으로
들어갔다.

그녀를 스쳐 지나갈 때, 묘한 향이 코끝을 간질였다.

이게 처녀의 방향일까?

검미를 찌푸린 독고월이 괜스레 트집을 잡았다.

"…방이 너저분하군."

탕.

초난희가 문을 소리 나게 닫았다.

"이렇게 불쑥 찾아왔으면 지저분한 꼴을 볼 건 각오했어야죠."

"뭐, 틀린 말은 아닌데……."

각종 의술 서적이 처소 안에 널브러져 있는 건 그나마 괜찮았다. 벗어젖힌 의복과 먹고 남은 식기들이 곳곳에 산재해 있는 건 좀 그랬다.

난장판이 따로 없었다.

심지어 몇 달 전의 것이 분명한! 말라비틀어진 나물과 밥알이 붙어있는 식기들이 문제였다.

그럼에도 퀴퀴한 냄새가 안 나는 건 정말이지 신기한 일이었다.

"강호에 기인이사가 많다지만, 여인만큼 신비한 존재는 없을 게다."

독고월의 시선이 바닥에 널브러진 식기들로 향했다.

달그락.

초난희가 작은 발로 그릇을 침상 밑으로 밀어 넣었다.

독고월이 조소를 흘렸다.

"나중에 뒀다가 긁어먹을 작정인가?"

"설마요."

드물게 아미까지 찌푸린 초난희는 의술 서적도 침상 밑으로 대충 밀어 넣었다. 곳곳에 널린 의복들도 그곳으로 때려 박았다.

침상 밑에 땅굴이라도 파놓았는지 많이도 들어간다.

독고월은 쯧! 가볍게 혀를 차고는 의복이 걸려 있는 의자 앞에 섰다.

"이것도 좀 치우는 게 어때? 아니다, 그냥 내일 다시 오도록 하지."

"지금 치울 거예요."

그녀가 볼멘 목소리로 의복을 치웠지만, 낡은 젖가리개가 툭 떨어졌다.

독고월이 한숨과 함께 고개를 돌렸다.

"나 참, 살다 보니 별꼴을 다 보는군."

"······!"

화들짝 놀란 그녀가 그 낡은 젖가리개를 양팔로 감싸 안았다.

젖가리개를 아무 데나 던져 놓다니, 보기보다 덜렁대는 성격인 걸까?

이럴 거면 왜 들어오라고 했던 건지 의문이었다.

초난희의 적잖이 당황한 모습은 신선했다. 젖가리개를 침상 위의 이불 안에 쑤셔 넣었다. 그녀가 거친 숨을 몰아쉬었다.

"봤어요?"

독고월은 인상을 그었다.

"온 용건부터 말하지."

"걸레에요, 걸레."

초난희는 괜한 변명을 했다.

"그래. 알겠다."

"정말이라고요."

기어코 독고월을 뒤돌아섰다.

"내일 오는 게 낫겠다. 이야기를 나눌 상황이 아닌 듯하
군."

자신이 불쑥 찾아온 탓이라 여겼다.

초난희는 손을 뻗어 떠나려는 그의 옷깃을 잡아챘다.

"아니에요. 쇠뿔도 단김에 빼라면서요. 지금 이야기해
요."

"……."

의심스러운 눈초리로 초난희를 바라봤다.

정말 대화할 정신머리가 있어? 라고 묻는 표정이었다.

초난희가 고개를 끄덕였다.

"앉으세요."

"흐음."

독고월은 여전히 못 미더운 눈치였다.

"어서요."

초난희의 연이은 재촉에 독고월은 자리에 앉았다.

탁탁.

독고월이 탁자를 두어 번 두드렸다.

"차를 내오도록."

"……."

초난희가 할 말을 잃은 표정으로 멍하니 있자 재촉하기
까지 했다.

"대화에 차가 빠질 순 없잖아?"

생각지도 못한 요구에 초난희는 엉거주춤 서 있었다. 주
저하고 있었다.

"그게……."

"뭐 하고 있어?"

검미를 치켜뜬 독고월에 초난희는 한숨을 내쉬고는 밖
에 나갔다 왔다. 어쩔 수 없이 밤중에 찾아온 불청객을 위
해 차를 타온 것이다.

잠시 뒤.

독고월은 초난희가 어째서 머뭇거렸는지 알게 됐다.

개통 같은 탕약과 폐가나 다름없는 처소를 보고 진즉 알
아차렸어야 했는데.

주르륵.

독고월이 찻물을 도로 뱉었다.

"이게 차야? 구정물도 이보단 낫겠다. 그리고 왜 이렇게
차!"

물론 구정물 맛을 본 건 아니었다. 마땅히 비유할 게 없

92

어서 한 말이었다.

"……."

초난희는 딴청을 피우고 있었다.

의술을 제외한 나머진 젬병임이 확실시되는 순간이었
다.

2

"그러니깐 쉽게 말해서 같이 다니게 해달라?"

"네."

약간은 힘이 빠진 초난희의 대답이었다. 스스로 염치없
다고 여기는 듯했다.

"……."

독고월은 말없이 초난희를 바라보았다.

초난희는 그의 시선을 피하지 않았다.

정적이 흘렀다.

일다경이 지났을까.

그 침묵을 견디지 못한 초난희가 입술을 뗐다.

"여인 혼자 돌아다니기엔 세상이 너무 험하잖아요."

"이곳엔 어떻게 왔는데?"

"그땐 스승님이 계셔서 괜찮았는데. 절 이곳에 홀로 두고 훌쩍 떠나시는 바람에……."

"스승님이라고?"

금시초문이었다.

그녀에 관해 한 번도 관심을 둬본 적이 없었으니 모르는
게 당연했다.

초난희가 고개를 끄덕였다. 흔들리는 눈동자를 보아하
니, 그 스승이란 작자를 생각하는 마음이 남다른가 보다.

"네, 고아였던 절 거둬주셨죠. 무척 따뜻한 분이셨어요.
키워주시는 것도 모자라 의술까지 가르쳐주셨죠. 이곳에
서 기다리라고 하셨는데. 너무 감감무소식이라 걱정이 되
어서요. 그러니……."

한 마디로 스승님 찾는 동안 지켜달라는 건데.

무진장 번거로울 것 같았다.

"그냥 여기서 계속 기다리는 게 낫지 않나? 스승이란 사
람도 여기서 기다리라고 했다면서."

"네, 그렇긴 한데 요즘 들어 꿈자리가 너무 사나워서
요."

"꿈자리?"

"네, 스승님이 자꾸 꿈에 나오셔서 힘든 얼굴로 절 바라
보세요."

"……."

독고월은 제 귀를 의심했다. 지금 들은 말이 너무 어처

구니가 없어서다.

초난희가 덧붙였다.

"황당하다는 거 알아요. 하지만 믿어줘요. 스승님에게 분명 무슨 일이 생긴 게 틀림없어요. 여인의 육감이라고 해도 좋아요."

확신에 찬 어조였다.

머저리도 그냥 머저리가 아니라 미친 머저리였나?

독고월이 주름진 미간을 손가락으로 꾹꾹 눌러 폈다.

초난희는 마주 잡은 양 손가락을 꼼지락거렸다.

독고월이 짜증 어린 눈빛으로 쏘아봤다.

"호신술 익혔다면서."

"말 그대로 호신술 정도에 불과해서요. 이 세상은 여인 혼자 다니기엔 너무 위험해요."

"아니, 내가 볼 땐 네가 더 위험한 것 같은데."

"네?"

초난희가 아미를 상큼하게 치켜떴다.

독고월이 손사래를 쳤다.

"됐고, 도대체 날 뭘 믿고 같이 다니자는 거지? 외간남 자나 다름없는 나랑 단둘이 다니는 게 더 위험하지 않겠어?"

"아, 그런 뜻이었군요. 그거라면 괜찮아요."

초난희가 갑자기 배시시 웃었다.

무슨 속셈인지 싶은 독고월이 팔짱을 꼈다. 도대체 뭐가 괜찮다는 건지 이해가 되질 않았다.

"......!"

독고월이 순간 인상을 그었다. 초난희가 새하얀 얼굴을 들이대서다.

한 치도 안 되는 거리.

서로가 내뱉은 숨결에 코끝이 간질일 정도로 가깝다. 숨소리는 물론 입에서 나온 입김마저 보일 정도다.

너무 가까운 거리가 아찔함을 선물해줬지만.

독고월은 한 손가락으로 초난희의 이마를 찍어서 밀어냈다.

"아얏!"

초난희가 제 이마를 감싸 쥐었다.

"냄새가 난다."

참으로 굴욕적인 행동과 말이었다.

"여인에게 그런 말은 실례라고요."

초난희가 드물게 입술을 삐죽 내밀었다. 늘 연장자처럼 침착하게 굴더니 오늘은 또래의 처녀처럼 새초롬하다.

"…보셨다시피 공자님이 절 여인으로 보지 않으니깐요."

"흠."

일리가 있었지만 쉽게 수긍되진 않았다.

초난희는 자신이 어떤 외모를 가졌는지 모르는 걸까?

이 근방에 녹림채도 있다고 들었는데 지난 시간 아무런 문제가 없었던 건, 그녀가 펼친 선행과 천운 덕분인가 보다.

그래도 강호로 나갔을 시에는 이야기는 달라졌다.

흑도의 무뢰배들과 음적들이 그녀를 노릴 것이다. 하루가 멀다고 사건이 벌어질 게 분명했다.

강호에서 미색이 뛰어나다는 게 어떤 결과를 불러올지는 불을 보듯 뻔했다. 남궁일의 몸으로 혈전을 수도 없이 경험했다 해도, 내공을 움직이지 못하면 말짱 헛것이다.

"지금 난 누군가를 지켜낼 정도로 강한 사람이 아니다. 같이 다니는 건 무리지."

"후훗."

웃고 있는 초난희의 눈빛이 위험하게 반짝였다.

왠지 모를 불안감마저 엄습했다.

"왜 웃지?"

"공자는 사내잖아요."

초난희의 화용에 음흉해 보이는 미소까지 걸렸다.

독고월은 고개를 갸웃거렸다. 당최 의미를 모르겠다.

초난희는 검지를 들어 자신을 가리켰다.

"전 여인이고요."

"그래서?"

"후훗."

초난희는 미소로 때우려고, 딴청을 피워댔다.

뭔 생각을 하는지 모르겠다. 스무고개를 하는 기분이었다.

맥없이 찻잔을 들어 입가에 가져가던 독고월이 멈췄다. 더럽게 맛없음을 상기한 것이다.

사람이 마실 게 아니지.

탁.

소리 나게 내려놓은 찻잔에 독고월의 심경이 읽혔다.

초난희는 양 검지를 맞대며 꼼지락댔다.

굉장히 수상쩍었다.

"그니깐."

"……."

독고월의 표정이 없어지기 시작했다.

초난희가 눈치를 슬금슬금 보더니 어렵게 말을 꺼냈다.

"절 지켜주세요."

"아까도 말했듯이 널 지키기에 충분히 강한 사람이 아니라고 했다, 난……."

지금의 독고월은 남궁세가의 무공을 아예 쓸 수 없는 상태였다.

남궁세가는 유구한 역사를 가진 명문 중의 명문이었다. 당연히 전가의 보도라고 해도 무방한 대단한 가전무공을

98

가지고 있었다.

창궁무애검법, 제왕검형, 창궁대연신공…….

이름만 들어도 고개가 절로 끄덕여지는 것들인데.

문제는 독고월은 이 대단하신 무공들을 전혀 쓰지 못한다는 거다.

독고월은 어느 정도 그 이유를 짐작하고 있었다.

그 대단한 무공들은 양강지기를 다루는 심법에 의해서 운용되었다. 그런데 그 심법에 내공이 조금도 반응을 보이지 않는다는 소리는 독고월의 몸속에 흐르는 내공이 양강지기가 아니라는 것이다.

그렇다면 독고월의 몸속에 흐르는 내공은 무엇이겠나?

음한지기.

물론 가정이지만, 독고월은 거의 확신하고 있었다.

그렇지 않고서는 남궁세가의 심법에 움직이지 않을 리가 없었으니까.

어찌 됐든.

모종의 이유 때문에 내공의 성질 자체가 뒤바뀐 지금의 독고월은.

"…촌부에 불과하다."

독고월이 고개를 가로저으며 난색을 보였다.

초난희가 말간 미소를 지어줬다.

"그럼 제 남편이 되어주시면 되잖아요."

"그러니 미치지 않고서야 나랑 같이 다니는 건……!"

두 눈을 화등잔만 하게 뜬 독고월이 말을 멈췄다. 제가 들은 말이 믿기지 않은 것이다.

초난희가 새초롬한 표정으로 고개를 돌렸다.

살짝 보이는 하얀 목덜미가 참으로 고왔지만.

"미쳤느냐?"

독고월로서는 인상을 그을 수밖에 없었다.

3

자리를 박차고 나온 독고월은 한 달간 신세 졌던 모옥의 침상에 앉았다.

지금껏 들은 헛소리 중에서 단연 최고였다.

．

─오해하지 마세요. 진짜 부부가 아니라 계약관계 같은 거예요. 잠깐만요, 공자님. 어디 가세요?

초난희는 제가 한 말이 무얼 뜻하는지 알기는 하는 걸까?

게다가 자신이 겪어본 아니, 지켜본 바로 강호에 여색을 즐기는 악한들은 여인의 혼인 여부를 조금도 신경 쓰지 않았다.

예쁘면 장땡이었다.

더구나 그냥 예쁘네, 수준이 아닌 미색이 뛰어난 초난희다. 최고는 아닐지언정 열 손가락 안에 꼽히지 않을까 정도? 그간 남궁일 덕에 강호의 미녀란 미녀는 모두 봤기에 눈만 높아진 독고월이다.

그런 그도 잘 알았다.

초난희는 걸어 다니는 진천뢰였다. 독고월이 섶을 지고 불 속으로 뛰어들어가게 해서 장렬하게 산화시켜주는!

"말도 안 되는 소리지."

독고월로서는 받아들일 수 없는 제안이었다.

그냥 여기서 자기 스승이란 작자를 기다리는 게 가장 나았다.

그때였다.

"…천칠백 냥."

소곤거리는 목소리가 모옥 밖에서 들려왔다.

초난희였다.

뭐, 저런 끈질긴 여자가 다 있지?

독고월이 인상을 찌푸리며 문을 벌컥 열었다.

초난희가 화들짝 놀라는 척을 한다. 물끄러미 올려다보는 눈망울이 사슴처럼 맑고 깊었다.

반면 독고월의 눈빛은 서늘했다.

"할 수 없다고 했다."

"그럼 천칠백 냥 주세요."

제 돈을 맡겨놓은 듯이 말한다.

목숨을 구해준 빚만 아니면, 단번에 쫓아낼 텐데.

독고월은 팔짱을 꼈다.

"돈 없다."

배 째라는 심보에 초난희가 눈을 가늘게 떴다.

"아깐 마련해준다고 했잖아요."

유구무언.

입이 열 개라도 할 말이 없었다.

그 틈을 탄 초난희가 모옥으로 들어왔다. 그 여세를 몰
아 재잘거리기 시작했다.

"잠깐이에요. 평생을 지켜달라는 것도 아닌데 사내대장
부가 쩨쩨하게 그래요? 정 저와 부부 관계가 싫다면 정혼
을 앞둔 관계라 해도 좋아요. 그편이 부담이 덜하겠네요.
제가 이래 봬도 대단히 쓸모가 많아요. 의술 실력도 뛰어
나고⋯⋯."

"⋯⋯."

"그리고 으음⋯⋯."

독고월의 인상이 점점 찌푸려졌다.

초난희는 다문 입을 벌릴 수가 없었다. 잘하는 게 뭐 있
는지 생각하다 막힌 것이다. 오히려 볼멘 목소리를 냈다.

"이마저도 대단한 거라고요."

누가 뭐라고 했나.

독고월이 손가락으로 관자놀이를 꾹꾹 눌렀다. 머리가 아프다. 걸음을 옮겨 창가 쪽에 앉았다.

등마저 돌린 것이 더이상 이야기 하고픈 생각이 없다는 뜻을 피력하고 있었다.

살랑살랑.

눈앞에서 초난희의 머릿결이 흔들렸다. 어느새 다가와 굳이 옆에 앉은 것이다.

독고월이 다시 일어나 침상 쪽으로 가 앉았다.

이번에도 초난희는 졸졸 따라왔다. 또다시 옆자리를 차지했다.

독고월이 인상을 그었다.

"이게 대체 무슨 짓이냐?"

"수락할 때까지 따라다닐 거예요."

"뭐?"

"못 들었어요? 공자님만 따라다닐 거라구요."

초난희의 선언에 독고월이 짜증 어린 표정을 지었다.

"넌 내가 눈먼 칼에 찔려 죽길 바라느냐?"

"누가 공자님을 찌른다고 그래요? 왜 일어나지도 않는 일을 벌써 걱정하고 그래요. 인생 가불하지 말라는 말 몰라요?"

그런 말 들어본 적 없었다.

초난희는 옆에 앉아 연신 재잘댔다. 평소와 달리 살짝 흥분한 듯 보였다.

"그리고 남자가 왜 이리 자신이 없어요. 고작 여인 하나 잠깐 데리고 다니면 되는 것을. 뭐가 어렵다고 벌써부터 질색 팔색하고 그래요. 제가 옆에서 지켜달라는 말이 그렇게 부담됐어요? 절대 일어나지도 않을 일에 노심초사하게끔?"

몰라도 너무 몰랐다.

"절대라니, 넌 너 자신을……!"

독고월은 너처럼 미색이 뛰어난 여인이 강호로 나갔을 시 일어날 사달을 하나하나 설명해줘야 하느냐고 말하려고 했는데.

눈꺼풀을 연신 깜빡이는 모습을 보자니 나오던 말도 도로 들어갔다. 초난희가 그걸 모를 정도로 정말 둔감하고 멍청할까 싶은 것이다.

어쩌면 독고월의 입에서 그런 말이 나오길 내심 기대하는 게 아닐까?

의술을 익힌 똑똑한 여인이다. 화전민들이 선녀라고 칭송해주는데, 자신의 외모에 대해 모를 리가 없었다.

"아니다."

독고월이 고개를 돌리자 초난희가 팔짱을 꼈다.

"뭐에요, 사람 궁금하게 만들어놓고. 하여튼 저와 부부 계약해줄 수 없다면 천칠백 냥 줘요. 쉽게 갚을 방법이 있는데도 외면하는 사람이니 도리가 없지요. 그리고 남자가 한입 가지고 두말하는 거 정말 별로예요. 아깐 천칠백 냥 대신 부탁을 들어줄 것처럼 그러더니 인제 와서 발뺌하는 건 좀 그렇네요. 남아일언 중천금인데."

"……."

천칠백 냥을 준다고 했던 자신의 입을 후려치고 싶은 독고월이었다. 없다고 잡아뗄 것을 왜 그랬나 모르겠다.

"얼른 천칠백 냥 줘요."

초난희는 섬섬옥수를 척 하니 내밀었다.

물속에 빠진 그를 구했던 그 하얀 손, 독고월은 두 눈을 감아 외면했다. 살려놨으니 대가를 치르라는 건 지극히 당연한 요구인데, 들어줄 수가 없었다.

돈이 없는데 어찌 주랴. 차라리 야반도주라도 할까?

잠깐만!

이 자리에서 한다고 말한 뒤 도망치면 아무 문제 될 것도 없지 않은가? 이렇게 쉬운 방법이 있었다니, 대충 말해놓고 도망치면 될 것을!

이 자리만 모면하자.

독고월은 내심 쾌재를 부르며 담담한 목소리를 내었다.

"좋다."

"네?

"까짓 거 그래 주지."

"정말요? 남아일언."

"중천금이지."

미소 짓는 그녀의 얼굴에 마음이 조금 찜찜했지만.

뭐, 어쩌랴?

야반도주하면 그녀도 포기하고 여기서 제 스승을 기다
릴 것이다. 그럼 그녀는 위험한 세상 밖으로 나가지 않아
도 됐고, 자신은 귀찮을 일 없어서 좋고.

이렇게 누이 좋고 매부 좋은 일도 없었다.

귀가 좀 간지럽고 얼굴이 좀 팔리지만, 세상 밖으로 나
가서 괜한 분란을 야기시키며 사는 것보단 나으리라.

"부부든 뭐든 해주지."

어차피 해줄 맘이 없었기에 후하게 나온 건데.

초난희의 화용에 미소가 그득했다.

"정말 고마워요. 드디어 스승님을 찾아갈 수 있게 되다
니. 이 모든 게 공자님 덕분이에요. 공자님이 절 도와줄 줄
알았어요. 공자님은 정말 좋은 분이세요. 덕분에 이곳을
떠나게 됐네요."

초난희의 끝말이 매우 걸렸지만, 아무래도 좋았다. 어차
피 들어줄 생각 따윈 없었으니까.

"당연히."

최대한도로 호의적인 미소를 지어준 독고월.

한시름 놓았다는 듯이 엷은 미소를 지은 초난희.

서로 마주 보는 둘 사이에 훈훈한 기류가 흘렀다.

둘이 동상이몽을 꾸고 있지 않다면, 누가 봐도 정겨운 장면이었다.

4

초난희가 나간 뒤.

독고월은 도망갈 채비를 서둘렀다. 짐을 쌀 것도 없었다. 예전 남궁일이 입던 의복이나 신발은 해져서 버린 지 오래고, 지금 입고 있는 의복이 다였다.

펑퍼짐한 회의.

아무리 야음을 틈탄 도주라고 하나, 눈에 띄는 옷임은 틀림없었다.

다른 옷이 필요하다.

독고월은 옷장을 뒤지기 시작했다. 곧 입가에 회심의 미소가 지어졌다.

흑의무복.

딱 원하던 옷이 안에 있었다.

그걸 꺼내 든 독고월은 혹시 몰라 초롱불을 훅— 불었다.

심지의 불이 꺼지자 모옥에 어둠이 찾아왔다.

독고월한테는 시야에 문제 될 것이 없었다. 내공을 못 다룰 뿐이지 육체적인 능력은 필부 아니, 강호인들보다 월등했다.

창가로 들어온 달빛 하나에 모옥 안이 대낮처럼 훤하게 보인다는 소리였다.

부스럭부스럭.

흑의무복으로 옷을 갈아입은 독고월이 창가 옆에 기대섰다. 밖의 동정을 살피기 위함이었다.

멀지 않은 곳에 자리한 초난희의 처소 밖으로 불빛이 새어나왔다.

좀 더 기다려야 할 듯했다.

달이 중천에 떠있는데도 잠들 생각이 아직 없는 걸까?

화전민들이 있던 모옥들은 이미 불이 꺼진 상태였다. 오늘따라 더욱 고요했다. 음산한 느낌마저 들 정도인데, 초난희만 잠 못 이루고 있었다.

이각 여가 흘렀지만, 아직도 불이 켜져 있었다.

만약을 대비해 좀 더 기다리기로 했다.

독고월은 은은하게 빛나는 달을 올려다보면서 시간을 때웠다. 입가에 미소가 절로 지어졌다. 옅은 긴장감과 기대감이 뒤섞여 묘한 두근거림을 만들어냈다.

훌쩍 떠날 것이다. 그동안 보지 못한 절경과 맛보지 못했던 산해진미를 찾아서.

먹을 걸 떠올리는 것만으로 침이 고였다. 요즘 들어 몸이 허해진 것 같았다.

살마저 빠진 것 같달까?

독고월은 배를 문지르며 슬쩍 고개를 옆으로 뺐다.

초난희의 처소엔 여전히 불이 켜져 있었다.

스승을 보러 가는 게 그리 좋은 걸까?

쓴웃음이 절로 나왔다. 하지만 어쩔 수 없었다. 그녀는 지금의 자신에겐 짐이었다.

여기서 지내다 보면 그녀의 스승이 찾아올 터.

굳이 찾아갈 필요 없다는 게 독고월의 생각이었다.

양심의 가책?

그딴 건 없었다.

초난희가 잠들면 떠난다.

옳거니!

드디어 처소 밖으로 비치던 등불이 꺼졌다.

내심 쾌재를 부른 독고월은 창가를 뛰어넘었다.

도둑고양이의 움직임이 이와 같을까.

사박.

창가를 타 넘은 일련의 몸동작은 굉장히 날렵했다. 절벽에 떨어지기 전과 비교를 불허하였다. 그땐 몸에 대한 통제권이 완전치 않았지만, 지금은 달랐다. 육체단련을 꾸준히 한 덕분에 몸 상태도, 제어력도 최상이었다.

허기짐만 뺀다면 말이지.

"흐음."

배를 매만진 독고월이 작게 한숨을 내쉬었다. 모옥 쪽으로 시선을 돌렸다. 사실 챙길 것도 없었다.

남궁일의 애검은 이미 부러진 상태로 절벽 위에 있을 테고, 돈이나 소지품은 같은 건 없었다.

삼백 냥이 든 전낭은 그녀에게 있을 것이다.

구해준 목숨 값이라고 생각하면 되리라.

초난희가 이곳에서 지내는 데 큰 도움이 될 게 분명했다.

독고월의 마음이 한결 가벼워졌다. 어찌 됐든 빚진 건 사실이었다. 삼백 냥이면 제법 큰돈이니 섭섭지는 않을 것이다.

"……."

한데 발길이 쉬이 떨어지지 않았다. 한 달을 훌쩍 넘긴 시간 덕에 정든 것은 아닐 터, 어째서 이러는지 의문이 들었다.

죄책감?

독고월은 미간을 찌푸렸다. 나중에 만에 하나, 정말 우연하게 연이라도 닿으면 천칠백 냥에 이자까지 쳐서 갚아주면 될 일이다.

110

지금은 음기를 다룰 수 있는 무공을 찾아야 했다. 물론 그런 무공을 찾는다는 건 어려웠지만.

"훗."

독고월의 표정은 자신만만했다.

초난희의 처소로 향하던 중 떠올랐던 그 묘수.

바로 그것이었다.

남궁일이 협객행을 다니던 시절.

남궁일은 강호에 혈겁을 불러올 서적 하나를 땅속 깊은 곳에 묻은 적이 있었다.

천하제일도(天下第一刀) 천구패(千究覇)의 독문무공이었다.

정사지간의 인물인 천구패는 앞뒤 안 가리는 성격으로 유명했는데, 그 이름에 걸맞게 모든 걸 무력으로 해결하는 패도지향적인 인물이었다.

의발전인은커녕 시동조차 없었던 그는 세력을 일구지 않고 오로지 홀로 다녔는데.

강대한 무림세력들이 그를 영입하기 위해 부단히 애를 썼지만, 천구패는 모조리 거절했다. 홀로 강호를 주유하는 게 편하다면서.

천구패의 유일한 관심사는 오로지 무공, 또 무공이었다. 도(刀)의 극의에 다다르는 것만이 천명이자 지상명령인 것처럼 무공만 파고들었다.

길고 짧은 건 대봐야 알겠지만, 강호인들은 그를 천하제
일인이라고 추켜세우는 데 주저함이 없었다.

천하제일인.

이 얼마나 오만한 말인가.

하지만 천구패만큼 그 오만한 말이 어울리는 자도 없
었다.

절대강자들이 즐비한 세력들도 감히 그를 건들지 못하
는 것만 봐도 알만하잖은가.

마교도, 흑도맹과 무림맹도 그를 어쩌지 못했다. 그저
천하제일도란 명호로 국한지으며, 자신들의 수장을 그보
다 앞세웠다.

천하제일인과 천하제일도란 호칭의 차이가 어떤지는 말
하지 않아도 알 것이다.

그들이 보인 옹졸함에 강호인들은 비웃었지만, 정작 천
구패는 조금도 신경 쓰지 않았다.

흘러가는 바람 따라 구름 따라 강호를 떠돌았다.

천구패는 돌연 종적을 감추었다.

그 이유에 대해서 수많은 추측과 낭설이 난무했으나, 궁
금증을 명쾌하게 해갈해줄 사람은 없었다. 그저 천수를 다
했다든지 또는, 마교의 교주에게 일패도지 당했다는 낭설
만이 떠돌 뿐이었다.

세월은 속절없이 흘러만 갔다.

사람들의 기억 속에서 천하제일도 천구패가 전대 기인으로 사라질 무렵.

협객행을 떠났던 남궁일은 어느 깊은 산중에서 천구패의 흔적을 발견했다. 심득이 담긴 비급과 함께.

하늘의 안배가 아니었다면 절대 발견하지 못할 기상천외한 장소였다.

강호인이라면 꿈에라도 바라마지 않는 기연이었다.

남궁일은 조금도 기뻐하지 않았다. 그는 서적을 발견하는 순간 강호를 먼저 걱정했다. 억만금을 벌어들일 수도 있고, 남궁세가의 무공은 물론, 명성까지 한 단계 끌어올려 줄 만한 전가의 보도였는데도 말이다.

이해득실과 가장 거리가 먼 남궁일.

그는 이게 강호에 소문이 날 시 벌어질 사달을 누구보다 잘 알고 있었다.

남궁세가에 혈겁이 일어나는 것은 당연, 어쩌면 강호 전반에 걸쳐 전운이 감돌지도 몰랐다.

결코, 가져서는 안 됐다. 천구패의 비급은 분열을 촉진하는 물건이었다.

남궁세가의 검과 천구패의 도로 펼친 무공은 서로 달랐다. 하지만 만류귀종이라 했다. 검의 극의를 보는 데 있어서 천구패의 비급이 엄청난 도움이 될 거란 건 자명한 사실이었다.

어쩌면 천하제일인이 다음 대 남궁세가에서 나타날지도 모르는 일이다.

창천으로 뒤덮인 찬란한 미래가 그려졌지만.

남궁일은 쓴웃음을 지었다.

천하제일세가와 강호의 평화.

그가 택할 건 두고 볼 것도 없이 후자였다. 또한, 남궁일은 그 안에 담긴 심득을 읽지 아니하였다. 자신에게 과분하고도 닿지 않은 물건이라 여겨서다.

참으로 고지식한 남궁일다웠으나, 비급만큼은 차마 없애질 못하였다. 두 가지 이유 때문이었다.

첫째는 천하제일인 일지도 모르는 대선배의 뛰어난 무학이 사장되길 원치 않아서였고, 둘째는 서문에 쓰인 이 글귀 때문이었다.

─이 천구패가 이루지 못한 도의 극의를 연자가 이뤄주기를 간절히 바라며…….

끝내 꿈을 이루지 못한 한 무인의 순수한 바람이었다.

할 수 없이 땅을 깊게 판 남궁일은 그곳에 비급을 넣어두고, 흔적을 지워갔다. 그리고 자신의 기억 속에서 천구패의 비급도 지워냈다.

가문과 개인의 영달보다 강호를 먼저 생각한 것이다.

앞뒤 꽉꽉 막힌 놈다운 행보였다.

독고월은 비웃었다.

만약 그 비급의 심득을 취했다면, 남궁일이 죽을 일은 없었다. 하지만 놈은 그러지 않았고, 첩첩산중에서 참혹한 죽음을 맞이했다.

대의야 어떻든 간에 일단 저부터 잘되고 봐야지. 괜스레 고고하게 굴었다가 죽어 나자빠지지 않았나. 도적놈이면 도적놈답게 행동할 것이지.

"흥."

독고월은 코웃음을 쳤다.

그랬다.

독고월은 천구패의 비급을 취할 생각이었다. 그 비급이 음한지기에 기반을 둔 무공이기도 했고, 천구패처럼 홀로 천하를 주유하고 싶은 욕망 때문이었다.

저 하늘의 뜬 달처럼 누구에게도 구속받지 않는 삶이라니.

이 얼마나 멋진 말인가.

가슴이 미친 듯이 뛰었다.

사박사박.

경공술을 익히지 않은 터라 풀 밟는 소리가 새어 나왔다. 워낙 미세해 잠든 이의 단잠을 깨우진 않을 것이다.

밤하늘에 뜬 달을 올려다봤다.

이 독고월의 인생 서막은 이제부터다.

두 주먹을 꽉 쥔 그가 서서히 속도를 올렸다.

휙휙.

주위의 풍경이 빠르게 지나갔다.

제법 속도가 붙었음에도 독고월의 신형은 흐트러짐이
없었다. 깊은 밤중의 산행은 위험한데도 놀랍도록 민첩한
움직임이었다.

남만에 산다는 흑표와 같달까.

독고월의 육체적인 능력은 확실히 궤를 달리했다. 내공
을 다루지 않아도 이 정도인데 만약 내공을 쓸 수 있다면,
거기다 천구패의 비급을 취한다면!

어떻게 될까?

"끝내주겠지."

독고월이 흥에 겨워 중얼거렸다.

"뭐가요?"

갑자기 뒤에서 들려온 맑은 목소리.

독고월은 입에서 심장이 튀어나오는 줄 알았다.

"……!"

황급히 고개를 돌렸는데, 그곳엔 있어선 안 되는 인물이
서 있었다. 어느새 꾸려놓은 행장을 등에 멘 채 고개마저
갸웃거렸다.

기척도 못 느꼈건만.

"뭐가 끝내주는데요, 공자님?"

초난희.

그녀가 싱긋 웃고 있었다.

第 4 章.

第 4 章.

1

어떻게 라는 말도 필요 없었다.

"흑의무복 마음에 들어요? 야음을 틈탄 이동엔 역시 야행복이 최고죠. 누구의 눈에 띄지 않아서 좋고."

짝이라도 맞춘 듯이 똑같은 흑의무복을 입은 초난희만 봐도 어찌 돌아가는지 알만했다.

뛰어봤자 부처님 손바닥.

초난희가 의술을 익힐 정도로 똑똑하다는 사실을 다시 한 번 상기했다. 이미 독고월의 머리꼭대기에 서 있다는 소리였다. 거기다 숨소리 하나 흐트러지지 않았다.

독고월은 침음을 삼켰다.

평범한 여인이, 그것도 밤의 산길을 기척도 없이 달리는 건 말도 안 됐다.

"…날 속였군."

"속이다니요? 적반하장도 유분수네요."

말과 달리 저 하늘의 달처럼 환한 미소를 지은 초난희.

독고월의 검미가 꿈틀댔다. 아무리 빨리 달려도 이보다 속도를 더 올릴 순 없고, 귀신처럼 따라오는 초난희를 떨쳐낸다는 건 말도 안 됐다.

끈질긴 성격의 소유자 임이 틀림없으니까.

어느새 산 중턱을 지나쳤다.

저잣거리까지 머지않았다.

그녀를 떼어놓고 갈 방법이 없을지 고민해봤지만, 막상 떠오르는 건 없었다.

독고월은 소리 없이 뒤따라오는 초난희에 속도를 늦췄다. 어차피 들킨 마당이었다. 야반도주는 저 산 너머로 사라졌다.

초난희가 재잘댔다.

"어휴, 드디어 속도를 줄이네요. 따라오는데 얼마나 힘들었는지 아세요? 하마터면 공자님의 뒤꽁무니를 놓칠 뻔했어요."

입에 침이나 바르고 거짓말하지.

전력질주보다 더한 속도로 내달렸는데, 초난희의 이마엔 땀 한 방울 나지 않았다. 행장까지 등에 짊어졌는데도

122

말이다.

독고월이 제동을 걸었다.

초난희도 독고월의 옆에 딱 달라붙어서 멈춰 섰다.

"왜요?"

"난……."

독고월이 말하려는 순간, 초난희의 붉은 입술이 나풀거렸다.

"남아일언 중천금이죠. 인제 와서 무른다는 이야기를 하려는 건 아니겠죠?"

"……."

할 말이 없었다.

초난희가 느닷없이 팔짱을 껴왔다.

독고월은 인상을 그으며 팔을 뺐다.

"이게 무슨 짓이냐?"

"부부든 뭐든 해주겠다고, 공자님 입으로 말했잖아요."

초난희가 사슴 같은 눈망울을 깜빡였다.

순진무구하기 짝이 없었지만, 독고월은 그 속에 자리한 영리함을 모르지 않았다. 마땅한 대응책도 없었다. 벌써 머리가 아파져 왔다.

"너무 고민하지 마요. 잠깐만 참으면 돼요. 그 뒤엔 공자님을 귀찮게 하지 않을 거예요. 그리고 여비는 있어요?"

"……."

독고월은 쥐뿔도 없었다.

음흉한 미소를 지은 초난희가 독고월의 전낭을 화제로 삼았다.

"삼백 냥이면 먹고 자는 덴 전혀 지장이 없지요. 산해진미와 잠자리는 보장되는 거죠. 제가 선심 써서 공자님의 몫까지 내드릴게요. 어때요, 듣기만 해도 편안하고 안락한 여행이 그려지지 않나요?"

굉장히 귀찮고 짜증이 솟구치는 여행이 그려졌다.

거기다 자신에게서 나온 돈으로 생색내니 독고월의 심사가 뒤틀렸다.

"충분히 혼자서도 스승이란 작자를 찾아가도 되겠건만, 어째서 나를 귀찮게 구는 것이냐?"

진지한 물음에 초난희는 상큼하게 아미를 치켜떴다.

"아까도 말했잖아요. 여인 혼자 강호에 나간다는 게 얼마나 위험한지요. 저 혼자 다니다간 봉변당하는 것도 모자라, 여차여차해서 인신매매조직에 의해 팔려갈 거예요. 그리고 혹사당하다 죽을 테고, 미인박명이라는 말의 대명사가 되겠죠?"

왠지 그런 일은 없을 것 같다는 확신이 강하게 들었지만, 독고월은 침묵을 택했다.

소매로 눈가를 찍으며 우는 시늉을 하던 초난희가 말했다.

"그러나 공자님과 함께라면 안심이에요. 우리 이제 스승님을 찾으러 출발해요."

"그전에……."

"그전에?"

"…정들었던 화전민들에게 작별인사를 해야 하지 않겠느냐? 갑자기 훌쩍 떠나면 그들이 당황하지 않을까 싶은데 말이지. 그리고 화전민 마을의 하나뿐인 의원이 없어지면, 화전민들이 무척 곤란하지 않을까 싶다."

독고월이 겨우 생각해낸 꼼수였다.

만약 남궁일 같은 머저리라면 쉬이 떠나지 않을 것이다.

초난희가 말갛게 웃었다.

"그럴 줄 알고, 서찰을 남기고 왔어요. 의동들한텐 미리 언질 해놓은 데다, 굳이 제가 없어도 충분히 돌볼 수 있도록 의술까지 가르쳤으니 문제없어요. 어차피 큰 돌림병이 아닌 이상 의동들만으로도 충분하거든요. 또 예전과 달리 청결의 중요성을 다들 알고 있어서 큰 병으로 이어지는 경우는 없을 거예요."

준비성도 완벽하지.

제기랄!

고개를 돌린 독고월이 얼굴을 구겼다.

초난희가 다시 팔짱을 껴왔다.

독고월이 눈을 매섭게 부라렸지만, 초난희는 상큼한

미소로 응수했다.

"우린 부부니까요."

그 불편하기 짝이 없는 호칭에 독고월은 고개를 가로저었다.

"그럴 수 없다."

"어째서요? 낭군님?"

번갯불에 콩 구워먹듯 호칭도 달라졌다.

초난희가 발뒤꿈치까지 들어 올리며 커다란 눈망울로 재촉한다.

이렇게 대책 없는 성격이었나?

독고월이 입술을 깨물었다. 이대론 그녀에게 말릴 것이다. 다른 방도를 찾아야 했다. 그렇지 않으면 자신의 계획에 중대한 차질을 빚을 수도 있었다.

마음을 불편하게 만드는 그녀의 존재는 모든 면에서 거슬렸다.

"대체 누가 너의 낭군이란 말이냐!"

정색도 해보지만, 초난희는 콧방귀도 안 꼈다.

"뭐든 해준다고 했잖아요. 남아일언이란 제 말에 중천금이라고도 덧붙였잖아요, 것도 공자님의 귀한 입으로. 설마 순진한 여인의 마음을 가지고 장난치시려는 건 아니겠죠?"

말이나 못하면 밉지는 않지.

126

"솔직히 말하마. 난 네가 귀찮다! 그것도 아주 많이."

"알겠어요. 귀찮게 굴지 않을게요. 전 그냥 공자님의 그림자만 졸졸 따라다닐게요."

"스승을 찾는다며? 난 따로 할 일이 있다."

"공자님의 볼일을 보면서 찾아도 돼요. 시간은 많아요."

한 마디도 지지 않는 초난희였다.

독고월의 언성이 살짝 높아졌다.

"네 스승이 있는 곳과 내가 가야 할 곳이 어쩌면 강호의 끝과 끝일 수도 있지 않으냐! 그럼 잠깐만 같이 다니면 된다는 약속에 위배 되는 일 아니겠느냐!"

"공자님도 참… 저와 한 약속을 헌신짝처럼 버리는 분이 왜 이리 새삼스럽게 굴까요?"

"……."

독고월이 얼굴이 살짝 벌게졌다. 입이 열 개라도 할 말이 없었다.

초난희가 샐쭉한 표정으로 말했다.

"그리고 끝과 끝일 일은 없어요. 스승님은 부평초처럼 떠돌아다니시는 걸 즐기시거든요."

"뭐?"

"스승님이 있는 곳이 따로 정해져 있지 않다는 이야기에요."

한 마디로 사막에서 바늘 찾기란 소리였다. 강호의 끝과 끝을 횡단하는 것보다 더했다.

독고월의 얼굴빛이 흑색으로 변했다.

"그 말은 네 스승이 어디 있는지조차……."

"몰라요. 그러니 공자님의 볼일 먼저 봐도 돼요. 전 천천히 느긋하게 찾아도 되니깐요. 발길 닿는 대로 떠돌다 보면 언제고 만나지 않겠어요?"

활짝 웃으며 할 말이 절대 아니었다.

초난희는 가증스럽게 두 눈을 깜빡이며 재잘댔다.

"그리고 명색이 의원이라면! 자신의 의술을 받은 환자에 대한 건강관리라든지, 세상복귀를 위한 지도를 끝까지 책임져야 하는 법이죠."

"난 다 나았다!"

"그렇지 않아요, 공자님. 겉은 멀쩡하지만 속은 아직 이에요. 내상을 우습게 보지 마세요. 병후 관리가 얼마나 중요한지는 말하지 않아도 아리라 믿어요."

설마!

독고월은 벌린 입을 다물 수가 없었다. 청산유수와 같이 이어지는 초난희의 말 때문이었다.

"꾸준한 관리가 필요하죠. 그러니 안심하세요. 이럴 줄 알고, 탕약에 필요한 재료도 전부 챙겨왔어요. 공자님의 건강은 의원인 제가 챙겨야 하니까요. 제가 만든 탕약으로 확실하게 내상을 잡을 수 있어요."

초난희는 혀를 살짝 깨물며 귀엽게 웃었다.

하지만 독고월에겐 지옥의 마귀가 혀를 날름거리며 웃고 있는 것처럼 보였다.

2

도저히 떨쳐낼 수가 없었다.

누구를?

초난희를 말이다.

야시장에서 비단옷감이나 장신구를 보느라 정신이 팔린 그녀를 뒤로하고 도망도 쳐봤다.

입에 단내가 나도록 뛰었는데.

"공자님, 우리 어디 가는 중이에요?"

어느새 초난희는 그의 그림자인 양 등 뒤에 딱 달라붙어서 따라오고 있었다. 한 아름 꾸린 행장을 등에 메고도 초난희는 지친 기색 하나 없었다.

찰거머리 같은 계집!

치밀어오르려는 화를 억누르고 군자처럼 설득해봤다.

"난 혼자가 편하다. 보아하니 대단한 경공술을 익힌 것 같은데, 강호에서 위험할 일 당할 것 같진 않군. 그러니 그만 내 눈앞에서 꺼져!"

굉장히 순화해서 말했는데도 초난희는 건방지게 코웃음을 쳤다.

"천칠백 냥 주면요."

"내가 돈이 어딨다고!"

"돈 없으면 몸으로 때우시던가요."

"……!"

저잣거리에서 염왕채 놓는 놈들도 이보다 악랄하진 않으리라.

화전민촌에서 선녀라고 불리며 존경받던 그녀였는데.

세상에 이럴 수는 없는 거다.

모두가 그녀에게 속았다.

한 번 돈 냄새를 맡으니 돈 귀신이라도 들러붙었는지, 뭔 말만 하면 '돈! 돈!'이다.

차용증만 안 썼지 강호 끝까지 쫓아다니며 싹 다 받아낼 기세였다.

그래서 흑도의 무뢰배처럼 협박도 해봤다.

"계속 따라오면 널 취할 것이다!"

"그래요? 계약이라도 부부니깐. 전 언제든지 준비가 되어 있어요, 공자님."

한 술 더 뜨는 초난희에 독고월은 치를 떨 수밖에 없었다. 그래서 이 새벽녘에 드물게 문까지 연 객잔을 찾아서 보란 듯이 방까지 잡아봤다.

그것도 한 방으로.

"드디어 머리를 올리는군요. 처녀 귀신이 되는 줄 알았는데."

"허얼."

초난희는 부끄럽다는 듯이 고개를 푹 숙였지만, 독고월은 봤다. 음흉하기 짝이 없는 눈길로 자신을 아래위로 훑는 그녀를!

이런 듣도 보도 못한 경우를 봤나.

독고월이 초난희를 침상에 거칠게 눕혔다.

풀썩!

초난희가 당황한 눈동자로 물끄러미 올려다본다.

"공자님?"

그래, 정말 이럴 줄은 몰랐겠지.

독고월이 음흉하게 웃었다.

"사내를 우습게 보면 큰일이 난다는 것을 몸소 가르쳐주지."

"잠깐 아직 마음의 준비가… 어머!"

초난희가 서둘러 몸을 웅크렸지만, 독고월의 손이 더 빨랐다.

파바바박!

초난희의 옷가지가 침상 주위로 너울대며 날아갔다. 두 개의 붉은 천 쪼가리만 남겨두고.

청백나신이 시야를 가득 메우자 독고월이 흑의무복을 벗기 시작했다.

스르륵.

탈의하는 소리와 함께 드러나는 탄탄한 근육질의 상체.

조각 같았다.

초난희가 고개를 옆으로 돌렸다. 차마 하의까지 벗는 모습을 눈 뜨고 볼 수가 없나 보다.

"공자님……!"

하지만 들어줄 이는 이미 자리를 박차고 뛰쳐나간 지 오래였다.

타핫!

독고월이 옷을 벗는 척하며 창문을 타 넘은 것이다.

초난희의 옷을 벗긴 이유도 시간을 벌기 위한 치졸한 계략이었다.

다다다닥!

독고월은 전력질주를 하고 있었다. 눈썹이 휘날리게 뛴다는 것이 어떤 건지 여실히 보여줬다.

사람들이 놀래 비켜설 정도로 독고월의 속도는 무척 빨랐다. 누가 보면 꼬리에 불붙은 망아지인 줄 알겠다.

미친 듯이 뛰는 건 당연했다.

시간이 그리 많지 않았으니까.

수치심과 모멸감에 넋을 놓고 있을 초난희로부터 멀리

도망을 치는 거다.

독고월은 뒤도 안 돌아보고 내달렸다. 그리고 인적이 없는 산길로 숨어들었다. 거친 숨이 턱까지 치밀어 올랐다. 가슴은 당장에라도 터질 것처럼 부풀어 올랐다. 나무에 기대어 연방 숨을 몰아쉬자 어느 정도 진정이 됐다.

이 정도까지 했으면, 그녀도 여인인 이상 따라오지 않으리라.

여인으로서 자존심마저 잔인하게 짓밟은 그다.

안다, 자신도 안다. 이러면 안 된다는 것을. 참으로 비겁한 짓이지만 어쩌겠나.

아직 힘을 얻지도 못했고, 자신의 생각해낸 묘수가 도움될지도 모르는 불확실한 상황이다.

독고월은 그녀와 함께할 수 없었다. 그럼에도 살짝 치미는 죄책감에 고개를 가로저었다.

"이런 짓까지 해야 하는 날 용서해……!"

"그러죠, 뭐."

나무 위에서 들려오는 영롱한 목소리.

독고월은 혀 깨물 정도로 놀란다는 말이 어떤 건지 절실히 깨달았다. 말하다가 깨물린 혀에 아파할 새도 없이 고개를 들었다.

인정할 수 없는 현실이 눈앞에 닥쳤다.

초난희가 나뭇가지에 걸터앉아 발을 흔들고 있었다. 예의

꾸린 행장을 등에 멘 채.

독고월은 턱이 빠져라, 입을 벌렸다.

"대, 대체 어떻게……!"

"이번엔 정말 너무했어요."

휘익.

초난희가 나뭇가지에서 훌쩍 뛰어내렸다. 깃털처럼 가볍게 착지했다. 머릿결은 물론, 흐트러져 있을 줄 알았던 옷매무새도 단정하게 정리되어 있었다.

그 말인즉슨.

"뛰어봐야 벼룩이란 걸 왜 모를까요."

초난희가 한숨부터 내쉬었다. 아무리 독고월이 뛰어난 육체를 가지고 있어도, 애당초 상대가 되질 않았다.

아무리 사람이 빨리 달린다고 한들 준마를 타고 달리는 사람보다 빠를 순 없는 거니까.

하지만 그런다고 해서 산중으로 숨어든 자신을 찾는 건 도무지 이해가 안 됐다.

독고월의 그런 생각을 읽었는지 초난희가 품속에 손을 집어넣었다.

조그만 병 하나를 꺼내더니 눈앞에서 흔들었다.

"만리추종향이라고 하죠. 설마 이것까지 쓰게 될 줄은 꿈에도 몰랐어요. 어찌나 포기를 못 하는지요, 후우!"

한숨마저 내쉬는 그녀에 독고월은 허탈한 표정을 지

었다.

만리추종향.

누군가를 은밀하게 추적할 때 쓰이는 향이었는데, 그 향을 한 번 상대에게 묻히면 물로 씻어도 지워지지 않을뿐더러. 족히 반년 이상은 간다고 했다. 향이 풍기는 거리는 이름 그대로고.

강호의 기보 중 하나였다.

어째서 그게 그녀의 손에 있는지 의문이 들었지만, 독고월을 절망에 빠지게 하는 덴 충분하고도 남아돌았다.

독고월이 쥐새끼처럼 어디에 숨어도 찾아낼 수 있다는 소리였으니까.

반나절을 아니, 칠일을 주야장천 내달려도 헛수고에 불과할 거다. 초난희의 저 치밀한 준비성 앞에서는.

독고월은 인정해야 했다. 그녀가 자신을 꿰뚫고 있는 것도 모자라, 머리꼭대기에 서 있다는 것을 말이다.

초난희가 손으로 이마를 짚었다.

"공자님, 제게 세 번은 없어요. 혹시나 해서 말하는데 오늘 같이 무도한 일을 벌였을 시엔. 천칠백 냥이 아니라 삼천 냥을 받을 거예요."

이런 고리대금업자에게 염왕채 놓을 계집을 봤나.

안타깝게도 초난희의 말은 끝이 아니었다.

"그리고 이거 보세요."

135

품에서 두루마리 족자를 꺼내 든 초난희가 그걸 펼쳤다.

저 가슴속엔 참으로 별의별 게 다 들었다.

"이게 무엇……!"

독고월은 그게 뭐냐고 물으려다가 두 눈을 크게 떴다. 족자에 쓰인 글자 때문이었다.

차용증

그 밑으로 쓰인 금액과 내용을 훑어본 독고월은 넋이 나간 얼굴을 했다.

초난희가 고개를 저었다.

"이렇게까지 하고 싶진 않았는데, 도리가 없네요. 인정을 못 하시니 이렇게 문서화시키는 수밖에요."

초난희가 두루마리를 도로 집어넣었다.

독고월이 발악적으로 외쳤다.

"내 이름조차 들어가지 않은 차용증이 무슨 소용이라고!"

"어머, 그렇네요. 독고월 공자님의 이름도 안 적어넣었네요? 하마터면 그냥 넘어갈 뻔했네요. 말해줘서 고마워요. 독고월 공자님."

독고월은 초난희의 진득한 미소에 할 말을 잃었다.

달 좋던 그 날밤.

그녀에게 따로 찾아가기 전 남궁일과 구분 짓는 이름을 말했던 그때!

초난희는 독고월이 홀로 중얼거렸던 소릴 들은 게 분명했다.

귀가 밝은 것도 모자라 돈까지 밝히는데다, 이런 철두철미함까지 갖췄다니!

멀쩡한 사내 골로 보내기 딱 좋은 계집이다.

독고월은 자신의 발밑에 자리한 끝 모를 수렁을 보았다.

초난희라는 절망의 수렁을 말이다.

3

독고월은 인정해야 했다. 초난희가 제 발로 떠나지 않는 한 떨쳐낼 수 없다는 현실을 말이다. 착잡한 마음을 감출 수가 없었다.

독고월과 초난희는 묵었던 객잔에 도로 가서 소면 두 그릇을 주문해 놓은 상태였다.

"이 새벽에 사람도 많네."

"원래 이 객잔은 새벽 손님이 많아요."

주위를 둘러본 독고월의 투덜거림에 초난희가 싱긋 웃었다.

점소이가 초난희를 보고 또 넋을 놓았지만, 주인의 으름
장에 얼른 정신을 차리고 소면을 말아왔다.

탁.

소면 두 그릇이 탁자 위에 놓였다.

어느 한 쪽이 심히 많아 보이는 건 기분 탓이 아니었다.

독고월은 족히 두 배는 되어 보이는 초난희의 소면에 혀
를 찼다.

"면사를 착용하는 건 어떠냐?"

"갑갑해서 싫어요. 먹는데도 방해되고."

초난희는 보란 듯이 젓가락을 들어 소면을 훌훌 말아먹
었다.

후루룩!

소리 내어 먹는데도 사내들의 멍한 눈동자는 초난희에
게서 떨어질 줄 몰랐다.

말이라도 한번 걸어보고 싶은지 움찔대는 사내들도 있
었다.

마음 같아서는 방립이라도 씌워주고 싶었지만, 면사도
싫다는데 쓸 리가 없었다.

어쩌면 사내들의 시선을 즐기는 걸지도 몰랐다.

독고월은 한숨과 함께 젓가락을 들었다.

후루룩.

소면이 금방 줄어들었다.

반나절을 꽁지 빠지게 뛰어댄 덕분일까.

허기가 조금도 해갈되지 않았다. 순식간에 한 그릇 뚝딱 비워낸 독고월이 손을 들었다.

점소이가 기다렸다는 듯이 한 그릇을 말아왔다. 그러면서도 초난희에게서 시선을 뗄 줄 몰랐다. 주인장이 귀를 잡아채어서야 겨우 정신을 차렸다.

그 반응에 새삼 알겠다.

눈앞의 여인이 얼마나 아름다운지.

초난희의 동그랗게 만 입술을 타고 들어가는 면발이 무척이나 탱탱해 보였다.

먹음직스러워 보인달까.

독고월은 고개를 도리질 쳤다.

"미쳤지, 미쳤어."

살아온 아니, 눈뜨고 보낸 세월만 따지면 환갑이 넘은 노인네나 다름이 없었다. 육체의 나이가 약관으로 돌아왔다고 한들, 숫제 말이 안 됐다.

독고월은 쓴웃음을 지었다.

"왜 그러세요? 제 얼굴에 뭐라도 묻었어요?"

초난희는 제 얼굴을 매만졌다.

당연히 백옥같은 살결엔 아무것도 묻어있지 않았다.

배시시 웃은 그녀가 물었다.

"설마 내 얼굴이 어여뻐 보여서 본 거였나요? 새벽녘에 새초롬하게 소면 먹는 모습에 새삼 반했나요?"

독고월의 심미안은 높았다. 그녀 정도 되는 미인은 강호
에 널려 있었다. 물론 어느 정도의 과장을 보태서지만.

"내일 아침, 만두처럼 빵빵해질 얼굴이 심히 기대돼서
봤다. 대조해봐야 할 거 아니냐?"

"칫."

초난희의 입술이 한 닷 발 튀어나왔다. 새벽에 면을 먹
으면 얼굴이 붓는다는 사실을 그녀도 잘 알고 있었다.

후루룩.

소면을 한 그릇 뚝딱 비워낸 독고월은 여전히 허기가 해
갈되지 않음에 고개를 갸웃거렸다.

"회복력이 너무 뛰어난 것도 문제군."

"……"

초난희가 바라보는 시선에 독고월은 손사래를 쳤다. 아
무래도 화전민 촌에서처럼 배를 따로 채워야 할 듯싶었다.

"…잠깐 다녀올 데가 있다. 한 칠일 정도 걸릴 것이다."

"칠일이요?"

초난희의 눈빛에 이채가 흘렀다. 평소처럼 어디를 가느
냐고 물어볼 만도 하건만, 그녀는 그러지 않았다.

독고월의 진중한 표정에서 그만의 사정이 있음을 읽어
드린 것이다.

눈치도 빠르다.

140 1

"안가라도 가는 건가요?"

"뭐, 그런 셈이지."

"설마 돈을 구하러 가는 거예요?"

독고월은 한숨을 내쉬었다.

"그럴 수 있다면 매우 좋겠지만, 아쉽게도 그런 일은 없지."

초난희가 넌지시 말했다.

"같이 갈……!"

"안 된다. 혼자 가야 할 일이다."

그녀의 가늘어진 시선에 독고월이 평정을 가장했다.

"만리추종향까지 묻혀놓고도 안심이 안 되느냐?"

"그런 건 아니지만, 워낙 약속을 헌신짝처럼 버리는 공자님이시니까요."

속이 뜨끔했다. 확실히 할 말은 없었다.

초난희의 이어진 말은 뜻밖에도 수긍이었다.

"뭐, 알겠어요. 제가 목줄을 채워놓은 것처럼 되어버렸지만, 저도 사실 마음이 편치 않아요. 자꾸 절 버리고 가려 하시니까 도리 없지요."

"으음."

독고월이 침음을 삼켰다. 생각해보니 그녀의 말처럼 어려운 것도 아니었다. 대충 일 년간 강호를 주유하면 될 일이었다. 그러다 스승을 찾으면 좋고, 아니면 말고.

초난희와 같은 미인과의 여행.

확실히 나쁘지는 않았다.

만약 그녀가 의술만 익힌 처녀였다면 문제의 소지가 다분했다. 하지만 지난 상황으로 미루어보건대, 제 한 몸 지킬 정도는 되는 듯 보였다.

문제는.

"독고월 공자님도, 저도 마음의 준비는 필요한 법이죠. 이거 가져가세요."

그녀로부터 건네지는 호리병이었다.

"이게 뭐지?"

"탕약이요."

준비성도 철저하지!

"……."

"가서 마셔요."

독고월이 차마 손을 뻗지 못하자, 초난희가 그럼 별수 없다는 식으로 말했다.

"싫으면 따라가겠어요. 저야 좋죠, 뭐."

"줘."

독고월은 얼른 손을 뻗어 호리병을 낚아챘다. 마신 척하고 버리면 됐다.

초난희가 젓가락을 내려놨다.

"혹시나 해서 말하는데, 그 탕약을 안 마시면 얼굴에 표시가 나요. 공자님께선."

역시 약에 무슨 짓이라도 해놓은 걸까 싶었다.

그 생각을 읽었는지 초난희가 애를 보듯이 바라봤다.

"정말, 의원의 말은 왜 이렇게 안 듣는지요. 사고의 후
유증을 얕보아서는 안 돼요. 아무리 공자님이 필부보다 육
체가 강건하다고 해도 십오 장 높이의 절벽에서 떨어졌어
요. 골병이 들고도 남을 높이라고요."

걱정이 듬뿍 담긴 말투에 독고월은 맥없이 헛기침만 했
다. 자신은 탈태환골한 초절정 무인이라고 말하고 싶었지
만, 그건 생각으로만 그쳐야 했다.

믿어주지도 않을뿐더러, 지금 당장 내공을 움직일 수도
없는데 무슨 수로 증명한단 말인가.

찰랑찰랑.

하지만 이 호리병 속의 정체불명의 액체만큼은 거짓말
을 해서라도 사양하고 싶었다.

싫어하는 티가 너무 났나 보다.

초난희가 가늘어진 눈초리로 못을 박았다.

"알겠어요, 저도 같이 가는 걸로 하죠."

"됐다!"

독고월이 손사래를 쳤다. 호방하게 호리병의 마개를 따
서 그대로 입가에 대었다.

꿀꺽.

목울대를 타고 넘어가는 검은 액체.

영혼의 절규가 절로 끌어 오른다. 하지만 참아냈다.

"크으으."

바르르 떨리는 손을 들어 목을 벅벅 긁어댔다. 마음 같아서는 몸부림치고 싶었으나 보는 시선이 너무 많았다. 필요 이상으로 시선 끌 필요가 없었기에 고개를 수그렸다.

정말이지 도무지 익숙해질 수 없는 그런 종류의 맛이었다.

"부럽다."

점소이가 무심코 내뱉은 한 마디였다. 초난희가 걱정해주고 챙겨주는 모습 때문인가 보다.

독고월이 고개를 바짝 쳐들었다.

당장에라도 죽일 듯이 노려보는 그 시선에 점소이가 찔끔했는지 딴청을 피웠다.

"으으으."

다시 고개를 숙인 독고월은 탁자에 이마를 댄 채 괴로워했다. 그래서 초난희가 소매로 입을 가리며 소리 없이 웃는 걸 보지 못했다.

초난희 나름의 복수였을까?

처녀가 한을 품으면 오뉴월에 서리가 내린다고 했다. 그녀의 시리도록 투명한 눈빛이 그리 말하는 것 같았다.

第 5 章

第 5 章.

1

곧 동이 터온다.

쇠뿔도 단김에 빼라고, 독고월은 지금 당장 출발할 준비
를 하고 있었다.

"공자님, 금창약 챙겨 가세요. 워낙 사건 사고를 달고
다니는 분이니까. 필요할 거예요. 전표도 몇 장 챙겨 넣었
고요."

팔짱을 낀 초난희의 말이었다.

정말 부부처럼 굴었다.

치워라! 라는 말이 목구멍까지 치밀어 올랐지만, 독고월
은 순순히 고개를 끄덕였다. 일단은 그녀가 따라오지 않는
다는 것에 의의를 둔 것이다.

홀로 나선 길.

객잔에 홀로 투숙하게 된 초난희가 창가에서 서서 자신을 바라봤다.

"……"

독고월에게 그녀는 불가해였다. 아까까지는 무슨 일이 있어도 세상 끝까지 쫓아다닐 기세였는데, 칠 일간 갔다 온다는 말에는 양순하게 굴었다. 이대로 도망칠지 모르는데도 말이다.

날씨의 변덕보다 심한 게 여인의 마음이라더니.

독고월은 왠지 모를 찝찝한 마음을 뒤로하고 걸음을 옮겼다.

열 걸음이나 옮겼을까?

바늘로 뒤통수를 콕콕 찌르는 느낌에 고개를 돌렸다. 초난희가 자신을 뚫어지게 바라보더니 손까지 흔들었다.

왜 저런데?

영락없이 낭군님 가시는 길을 배웅하는 새댁이었다. 표정마저 흔들리는 것 같았다.

독고월은 인상을 긋고는 발걸음을 재촉했다.

"미쳤어, 쟨 미쳤다고."

걸음 속도를 더욱 올렸고, 기어코 내달리기 시작했다.

그렇지 않아도 초난희가 말을 타고 가는 게 어떠냐고 제안했지만, 독고월은 단칼에 거절했다. 달리는 게 너무나도 좋아서다.

땅에 발을 내디딜 때마다 전해지는 흙바닥의 감촉은 물론, 속도를 올릴 때마다 전신의 근육이 조이고 당기는 느낌도 좋았다.

미친 듯이 고동치는 심장과 맥박.

휙휙 스쳐 지나면서 뒤로 밀려나는 풍경.

전신을 시원하게 쓸어주는 새벽바람.

이 모든 것들이 활력이 넘치다 못해 흘리게 해줬다.

살아있다는 느낌!

독고월은 이 느낌이 너무나도 좋았다.

전신이 자신의 통제하에서 움직이고, 평온했던 들숨과 날숨이 점점 거칠어져도. 두 다리가 후들거릴 정도로 힘이 부쳐와도.

멈출 수가 없었다.

달리고 또 달렸다. 덕분에 지치기는커녕 전신의 감각이 활성화되다 못해 점점 고양됐다.

타다다다!

어지간한 장정은 꿈도 못 꿀 속도와 지구력이었다.

독고월은 자신을 계속해서 밀어붙였다. 탈태환골한 육신의 한계가 어디까지인지 시험해보려는 것이다. 근육은 쓰면 쓸수록 터질 듯이 부풀어 올랐다.

전신에 활력이 넘쳐흘렀음에도, 내공은 조금의 미동도

하지 않았다.

그 상태로 한나절이 지났다.

해가 어느새 중천에 떠있었다.

독고월의 흑의무복은 물에 들어갔다 나온 사람처럼 땀으로 흠뻑 젖어 있었다. 흑의무복에 하얗게 어렸던 소금기도 도로 땀에 젖어 지워질 정도였다.

이제 좀 지친 걸까?

타닥.

미친 듯이 달리던 독고월이 속도를 서서히 줄였다.

"허억, 허억!"

숨을 내쉬는 소리는 여전히 거칠었지만, 눈빛은 여전히 생생했다. 그에겐 아직 더 뛸 여력이 있었다.

실로 괴물 같은 체력이 아닐 수 없었다.

독고월의 눈빛이 주위를 빠르게 훑었다.

눈에 익은 주위 경관들이었다.

남궁일이 천하제일도 천구패의 비급을 은닉했던 장소에 당도한 것이다.

독고월의 눈앞에 놓인 산줄기는 빼어난 절경도 아니요, 기화이초가 자랄만한 천혜의 환경을 가진 것도 아니었다. 하지만 짐승이 다니는 길도 쉬이 찾을 수 없는 울창한 수림 덕에 사람의 발길을 허용치 않았다.

남궁일의 발길이 이곳에 닿은 이유는 단 하나, 협객행

때문이었다.

강호의 음적 중 하나였던 호색마군.

입에 담을 수조차 없는 파렴치한 짓을 하고 다니던 그의 은신처가 이곳에 있었다. 사람의 발길이 닿지 않은 이 산 줄기는 그에게 아주 훌륭한 은신처가 되어줬다. 남궁일도 그를 은밀히 쫓다가 발견할 수 있었다. 전대기인인 천구패가 머물던 동혈을 말이다.

놀랍게도 호색마군의 은신처가 다름 아닌 그곳이었다. 다행히 호색마군은 그곳이 천구패가 머물던 곳임을 몰랐다. 그냥 잠깐 도피장소로 이용해서 변복, 변용하는 장소쯤으로 여겼다.

하늘이 도운 것이다.

만약 호색마군이 천구패의 흔적을 찾아 비급을 취했다면, 천하제일색마의 등장에 강호는 신음했으리라. 신공절학을 익힌 색마를 막을 자는 어디에도 없었을 테니까.

천만다행으로 천구패의 비급은 인의무적 남궁일에게 발견되었고, 이곳에 묻었다. 그걸 유일하게 아는 자는 그 모든 과정을 지켜봤던 독고월뿐이었다.

어느새 동혈 앞에 선 독고월이 주위를 둘러봤다.

감회가 새로웠다.

주위를 둘러보는 표정이 살짝 굳어졌다.

"응?"

습기 섞인 퀴퀴한 냄새 속에 역한 노린내가 섞여 있었다.

선객이다.

동혈의 새로운 주인으로 자리매김했나 보다. 역한 노린내로 미루건대 육식, 그것도 산중의 왕으로 불리는 존재가 아닐까 싶었다.

예전에 늑대들의 한 끼 식사가 될 뻔한 독고월로서는 달갑지 않은 상황이었다.

천구패의 비급은 저 동혈 속 깊은 곳에 파묻혀 있었다.

그 동혈 속에서 노란 불빛 두 개가 타올랐다가 사라졌다.

산중의 왕이 낯선 이의 등장을 알아차린 게다.

독고월의 몸에서 난 땀내가 흥분을 시켰을까.

크르르르.

나직한 울음소리가 동굴 속에서 들려왔다.

"......"

독고월은 한 발짝 조용히 물러섰다. 제 몸의 무장상태를 점검하기 시작했다. 사실 점검할 것도 없었다.

공수래공수거(空手來空手去)라고.

적수공권이다.

"젠장맞을."

어떻게 주위에도 날붙이 하나 보이지 않는지, 그나마 동굴 앞에 놓인 나뭇가지가 다였다. 호색마군이 불쏘시개로 썼던 건지 끝이 까맸다. 거기다 비와 바람을 몸소 견뎌내서 그런지 내구력은 조금도 없어 보였다.

무기로 쓸만한 건 초난희가 챙겨준 호리병과 소액전표
뿐이었다.

호리병으로 놈의 머리통을 깔 수도 없고, 전표 다발로
따귀를 올려붙일 수도 없는 상황이다.

"……."

거기다 독고월은 탈태환골을 했다지만, 금강불괴지신이
아니었다.

늑대의 이빨에도 상처를 입었는데, 그보다 더한 존재의
발톱과 이빨에는 어찌 될지는 불을 보듯 뻔했다.

넝마가 되겠지.

쉼 없이 달려온 덕에 전신은 물을 먹인 것처럼 노곤한
상태였다.

등줄기로 식은땀이 흘렀다.

"데려올 걸 그랬나?"

위기의 순간에 초난희가 머릿속에 떠오른 독고월이
었다.

스윽.

독고월이 슬쩍 물러섰다.

동굴 쪽에서 풍겨오는 노린내의 주인에게서 살기가 느
껴진다.

두 개의 노란 불빛이 넘실거리더니 점점 커졌다.

153

사냥감으로 찍은 독고월이 도망가려고 하니 동굴 밖으로 모습을 드러낸 것이다.

크르르르.

장정보다 족히 두 배 아니, 세 배는 되어 보이는 덩치!

누런 가죽 위에 수 놓인 검은 줄무늬가 참으로 살벌하다.

대호(大虎)였다.

사람의 발길이 닿지 않는 곳이어서 자리 잡은 듯했다.

큼지막한 대호의 입이 쩌억— 벌려 젖혔다.

어허어엉—!

산줄기를 쩌렁쩌렁 울리는 대호의 포효에 독고월의 입매가 씰룩거렸다.

"뒤로 엎어져도 코가 깨질 놈이란 거지, 난."

휘이이잉.

시기적절하게 음산한 바람마저 불어왔다.

2

초절정 무인이라면 모름지기 권장에 산악이 무너지고, 진각에 대지가 요동치고, 일갈에 산천초목이 부들거리고, 형형한 그 눈빛은 만인을 벌벌 떨게 하고도 남을 텐데.

독고월은 그러지 못했다.

어허어엉!

대호의 포효 한 번에 전의마저 뚝 꺾였다.

독고월의 육신 따윈 단박에 잘라낼 첨예한 검봉(劍鋒)들이 그 위용을 과시하고 있었다. 살짝 스치기만 해도 살점이 한 움큼씩 떨어져 나갈 것만 같았다.

이럴 줄 알았으면 남궁일이 썼던 부러진 검이라도 주워 오는 건데!

꽈악.

대호의 눈을 피하지 않고 주먹을 말아쥐어 보지만, 감정한 점 보이지 않는 살벌한 야수의 눈빛엔 눈을 내리깔고 싶은 마음뿐이었다.

기세만으로 능히 사람을 상하게 하는 경지에 이르고도, 한낱 금수의 한 끼 식사거리란 현실이 주는 참담함이라니.

이게 다 내공을 운용하지 못한 탓이다.

이대로 등을 돌린다거나, 뒷걸음질칠 수도 없었다.

나 잡아 잡숴줘 하는 꼴이니까.

맞서자니 체력과 무장에서 달리고, 도망가자니 대호의 탄력적인 동체가 눈에 들어왔다. 그 동체에 자리한 근육들이 당장에라도 폭발할 듯이 꿈틀거렸다.

등짝을 보이면 십중팔구 바로 덮친다.

스윽.

독고월은 발뒤꿈치를 들고 양팔을 위로 뻗었다.

섣불리 덤벼들지 못하게 덩치가 커 보이게끔 한 것인데.

효과가 있었다.

크르르르.

막 달려들 듯이 굴던 대호가 옆으로 몸을 뺐다. 독고월
의 허장성세가 먹히긴 했나 보다.

독고월은 결코 등을 보이지 않기 위해 놈과 반대방향으
로 돌았다. 정면자세를 고수하는 것이다.

대호가 옆으로 휘돌았다.

독고월은 반대쪽으로 옆걸음질 쳤다.

둘이 원형으로 돌며 대치하는 모양새였다.

턱.

대호가 한발 성큼 다가왔다.

독고월이 살짝 물러섰다.

크르르르!

낮은 울음소리를 내뱉은 대호의 찢어진 입이 웃음처럼
보였다.

독고월은 미간을 찌푸렸다. 음습한 냄새가 코를 찔렀다.

터억.

대호가 한발 더 내디뎠다.

반사적으로 독고월이 한발 물러서자, 음습한 냄새는 더
욱 짙어졌다.

"……."

독고월이 곁눈질로 주위를 살펴봤다. 놈과 대치하다가 동혈의 초입까지 몰렸다.

대호에게 퇴로를 차단당한 것이다.

"후후."

한낱 금수라고 무시했던 독고월로서는 헛웃음이 나올 수밖에 없었다. 들었던 양손을 도로 내렸다.

터억.

대호가 한 발 더 내디뎠다. 독고월을 동혈로 몰아 빠져나갈 가능성을 아예 봉쇄하려는 거다.

제법 사냥 좀 해보고, 머리 좀 굴려본 놈이다.

하지만 놈은 알까? 이곳이 천하제일도 천구패가 머물렀던 동혈이었음을.

"알 턱이 없지!"

독고월의 조소가 신호가 됐을까.

대호의 자세가 낮아지는 동시에 탄력적인 뒷다리가 땅을 박찼다.

어흐웅!

큼지막하게 벌려진 대호의 입이 확대되는 걸 보면서 독고월은 허리춤에 있던 손을 앞으로 내질렀다. 하나 마나 한 주먹질을 위해서가 아니었다.

휘익!

그의 손에 들린 호리병이 날았다.

설마 호리병으로 대호를 때려잡으려고?

그럴 리가!

독고월은 대호의 입으로 들어가는 호리병을 볼 새도 없이 자세를 뒤쪽으로 한없이 낮췄다.

대호의 앞발톱이 막 독고월의 몸을 찢어발기려는 순간!

독고월이 땅을 박찼다. 순간 앞으로 뽑히는 그의 신형에서 팔꿈치가 하늘 위로 솟구쳤다.

퍼억—!

체중과 가속도가 실린 팔꿈치가 대호의 아래턱을 올려쳤다.

크르릉!

대호의 눈빛이 더욱 사나워졌다. 턱이라고 해도 두꺼운 가죽과 차원이 다른 골밀도라서 그런지 큰 충격을 주지 못했다.

콰콱!

그 증거로 대호의 앞발톱이 당겨지는 것도 모자라 독고월의 등을 할퀴는 중이다.

"크으윽!"

독고월이 고통스러워했다.

단번에 흑의무복을 찢는 것도 모자라, 등의 근육을 발톱이 찢고 들어왔다. 이 한 번의 공격에 정신이 아찔해졌다.

호랑이에게 물려가도 정신만 차리면 산다고!

퍼어억!

독고월은 아찔해지려는 정신을 붙잡고 또다시 팔꿈치를
후려갈겼다.

쩌억— 벌려 지려던 대호의 아래턱이 도로 다 물렸다.

역시 큰 타격은 줄 수 없었다.

평범한 사내보다 족히 세 배가 넘는 크기의 대호.

그 극심한 체중 차이는 신체능력이 뛰어나다고 해서 메
꿀 수 있는 게 아니었다. 체중이 배라는 소리는 근육도 배
라는 소리고, 뼈도 거죽도 그렇다는 거다.

여전히 대호에게 독고월은 잘 차려진 밥상에 불과했다.

어허헝!

대호가 도로 입을 쩍 벌리며 독고월의 목을 물려는 게
그 증거였다.

등이 찢어지는 고통에도, 대호의 한 끼 식사거리가 될
현실에도.

독고월의 눈빛은 깊고도 맑았다.

"한 번 더!"

독고월의 죽기 아니면 까무러치기 식의 팔꿈치 공격을
퍼부었다.

대호의 입이 도로 다 물리긴 했는데.

퍼석—!

이번엔 소리가 이상하다.

독고월의 눈빛에 희열이 번뜩이는 순간.

커허엉!

마침내 대호가 컥컥 거리며 물러섰다. 드디어 천재일우의 기회가 찾아온 것이다.

휘익!

독고월의 신형이 쏘아졌다.

한데 놀랍게도 그 신형이 쏘아진 방향이 동혈 밖이 아니었다. 안쪽이었다.

피를 흘려서일까? 아니면 대호에게 물려서 정신이라도 나간 걸까?

독고월은 줄기차게 땅을 박차 동혈 안쪽으로 들어갔다. 대호가 컥컥! 거리며 괴로워하는 소리에 회심의 미소까지 지었다.

"괴로울 것이다."

대호의 입으로 들어갔던 호리병이 깨졌으니까.

그 호리병에 들어있는 건 독고월도 잘 아는 그것이었다.

초난희의 특제 탕약.

화단의 화초가 모두 말라죽고, 독고월마저도 땅을 치며 괴롭게 만들었던 그 저주받을 탕약이 들어있었다. 말로 형용할 수 없는 냄새와 맛으로 말미암아, 독고월의 사지를 못 쓰게 만들었던 그 탕약이 말이다.

사람이 먹을 수 있는 게 아니다.

거기다 맛이 없는 쓸개는 잘 안 먹기로 소문난 미식가인데다, 사람보다 후각이 극도로 발달한 호랑이에겐 어떻겠나?

"극독이지, 극독!"

호리병을 버리지 않길 잘했다.

혹시라도 초난희가 따라올 빌미를 제공할까 봐 나중에 버리려고 한 건데.

이렇게 요긴하게 쓰일 줄이야.

독고월은 괴로워하는 대호를 뒤로하고 안쪽으로 더욱 들어갔다. 이 산줄기의 터줏대감답게 허연 동물들의 뼈가 곳곳에 보였다.

개중엔 사람 뼈도 있었다. 멀지 않은 곳에 널브러진 망태기를 보아하니 약초꾼이었나 보다.

독고월은 서둘렀다.

대호가 정신 차리기까지 시간을 많이 잡아야 일각 정도 걸릴 터였다. 독고월, 자신도 저 뼈 무덤에 한몫할지도 모를 상황이다.

동혈은 제법 깊었다.

독고월은 계속해서 들어갔다. 빛 한 점 들어오지 않았지만, 문제 될 건 없었다. 어둠은 독고월에게 제약이 아니었다. 오히려 어둠은 친숙한 느낌마저 들게 했다.

"……!"

독고월의 시야에 그곳이 잡혔다. 마침내 목적지에 당도한 것이다.

천구패의 비급과 애병이 깊이 잠든 무덤.

만약 미리 알지 못했다면 그냥 지나쳤을 평평한 흙바닥이었다.

3

어허어엉—!

연신 땅을 파던 독고월의 귀로 대호의 울부짖음이 들려왔다. 귀청이 떨어져 나갈 정도였다.

그 안에 담긴 분노와 살의가 절실히 느껴졌다.

아직 반이나 남았는데 슬슬 정신을 차리려나 보다.

쿵쿵!

격노한 놈이 석벽이라도 들이받는지 동혈이 부르르 떨렸다.

겉모습만 호랑이지 하는 짓은 무식한 산 멧돼지나 다름없었다.

"더럽게도 많이 잡아 처잡수신 것도 그렇고!"

파바바박!

손톱이 빠질 것처럼 고통스러웠지만, 양손을 쉼 없이 놀렸다. 놈이 이곳에 당도했는데, 여전히 적수공권이면 자신은 죽은 목숨이다.

"그나저나 뭔 놈의 팔자가 이리 드세냐? 아주 쉴 틈 없이 몰아치네!"

뻗친 성질은 독고월을 가일층 분발하게 했다.

쿵! 쿵!

석벽을 들이박는 소리.

어허엉!

울부짖는 소리가 더욱 가까워졌다. 탕약으로 괴로운 와중에도 미친 듯이 내달려 오는 게 분명하다.

그리고 그건 특제 탕약의 약발이 다해가는 중이란 소리였다.

"제기랄!"

파바바바박!

열 손가락이 다 닳아 없어지는 것 같아도, 땅 파는 게 지상 명제인양 미친 듯이 파 내려갔다. 손가락 끝이 갈라지는 것 같고, 피가 배어 나와도 멈출 수가 없었다.

시간이 촉박하다.

만약 판 위치를 잘 못 짚었다면 말 그대로 운명한다. 산 채로 대호에게 잡아먹힌 뒤, 큼지막한 똥구멍으로 배설되는 건 숙명이고.

콱!

손가락이 끊어질 듯이 아팠다. 뭔가 걸린 것이다!

"크윽! 더럽게 깊이도 처 묻어놨네, 이 도적놈!"

두 눈을 번뜩인 독고월이 그 주위를 미친 듯이 팠다.

도병으로 보이는 것이 요염하게도 고개를 빼꼼히 내밀
었다.

잔뜩 흥분한 독고월이 그걸 바짝 움켜쥐었다.

크허어엉!

뒤에서 들려오는 대호의 울음소리.

목덜미에 소름이 돋을 정도로 가깝다.

독고월의 얼굴이 시뻘게지다 못해 터질 듯해다. 도병을
양손으로 잡아 뽑으려고 용쓰는 중이었다.

못 뽑으면 죽는다는 일념하에!

"하아아압!"

똥을 한 바가지 싸고도 남을 용력을 발휘했다.

쑤욱!

마침내 도가 엿가락처럼 뽑혔다.

독고월은 그 힘의 여세를 몰아 신형을 팽그르르 회전시
켰다.

귓전까지 느껴지는 뜨거운 입김.

고소한 흙내부터 코를 찌르는 노린내와 두 번 다시 맡기
싫은 똥내 비스무리한 향기까지!

164

대호의 벌려진 입이 독고월의 목덜미를 물어뜯으려는 찰나였다.

휘아아아앙!

도병에 달린 날붙이가 묵직하게 휘둘렸다. 독고월의 신형이 휘청거릴 정도다.

쩌어억—

천구패의 애병, 월광도(月光刀)가 대호의 눈두덩을 후려갈겼다. 묵직한 쇳덩이가 대호를 강타한 것이다.

독고월의 뽑는 힘에 회전력을 더한 전사경이었다. 비록 내공을 담지 못했다고 하나, 달려들던 대호를 주춤거리게 하기엔 충분했다.

크어엉!

잘 차려진 밥상이 자꾸 반항하자, 대호가 울부짖었다. 한쪽 눈깔이 뭉개져 있었다. 제대로 열 받은 것이다.

한데 독고월의 앞섶이 피로 흥건했다. 대호도 그냥 당하지 않은 것이다. 대호의 앞발톱에 의해 가슴에 아로새겨진 상처였지만, 천만다행으로 깊지는 않았다.

독고월이 손바닥에 침을 뱉으며 말했다.

"퉤! 넌 이제 뒈졌다."

월광도를 머리 위로 추어올렸다.

흐흐흐.

날이 없는 거무튀튀한 도신이 어둠 속에서 음울하게

울었다. 착각일 테지만, 마치 세상 밖에 나와 기뻐하는
느낌마저 들었다.

도를 타고 전해지는 묵직함에 독고월도 흥이 났다. 전신
의 근육이 팽팽히 땅겨졌다.

남궁일이 펼쳤던 대단한 검초식들이 머릿속에서 떠올
랐다.

독고월은 무엇에 홀린 듯이 입꼬리 한쪽을 올렸다.

"다 필요 없지."

단 한 수면 될 것 같은 예감이 들었다.

이 남궁일의 몸이 기억하고 있는! 수천수만 번 휘둘렀던
가장 기본적이고, 가장 익숙한 자세면 된다!

어허엉!

대호의 일그러진 눈깔에서 불똥이 튀었다. 상처 입은 맹
수가 더욱 무서운 법이었다.

파앗!

대호가 땅을 박찼다.

무섭도록 확대되는 대호의 동체.

독고월의 양팔이 하늘에서 벼락을 뿌렸다.

휘아아앙!

바람이 갈리고, 어둠이 갈리고, 공간마저 갈린 듯한
환각.

일도양단(一刀兩斷)의 기세로 벼락처럼 떨어져 내린 월

광도.

대호의 머리를 정확히 내려찍었다.

쩌어어엉—

쇳덩이를 후려갈긴 소리와 함께 독고월의 양팔로 어마어마한 충격이 전해졌다. 순간 양팔이 떨어져 나가는 건 아닌가 싶을 정도였다.

퍼어억!

대호가 흙바닥에 패대기쳐지고, 월광도는 위로 튕겨져 나갔다.

푹!

팽그르르 돌며 날아가던 월광도가 땅에 꽂혔다.

독고월의 시선이 아래로 향했다. 양팔이 마비되는 것도 모자라, 호구마저 찢어졌는지 양손은 피로 흥건했다.

"크윽."

양팔이 전해주는 고통이 제법 컸지만, 독고월은 가슴을 쓸어내렸다.

커다란 머리가 쩍— 벌어진 채 혀를 빼 문 대호.

보지 않아도 즉사다.

사람이 죽기 바로 직전에 초인적인 힘을 낸다고 하더니 딱 그 짝이었다. 내공을 쓸 수 없는 상태에서 했다기엔 믿기지 않는 결과였다.

이걸 운이 좋다고 해야 하나 아니면, 운이 나쁘다고

해야 하나.

독고월은 아직도 저릿한 양팔을 바라보면서 인상을 그었다.

팔을 움직이려는데 글쎄.

통증이 불길처럼 일었다.

"으으윽!"

팔이 움직이는데도, 격통이 따라온다는 이야기는 단 하나였다.

팔뼈에 금이 갔다. 그것도 양쪽 다.

어마어마한 덩치를 가진 대호를 패대기치는 것도 모자라, 머리통마저 바순 대가치고는 미미한 편이나.

"왜 이렇게 약하냐?"

독고월은 자신이 보아 알고 있는 초절정 무인의 신위와 제 모습을 대조해보고는 한숨만 흘렸다.

과연 엄청난 덩치의 대호를 순수한 육체의 힘만으로 패대기친 사람을 약하다고 할 수 있는 걸까?

필부였다면 아니, 다른 무인이었다면 내공을 쓰지 않은 상태에서 날 없는 도검 하나로 이런 결과를 만들어낼 순 없었다.

독고월은 자신이 한 짓이 얼마나 대단한 건지 몰랐다.

그저 금이 간 제 양팔만을 보며 자괴감에 빠질 뿐이었다.

자괴감이 든 이유는 간단했다.

땅을 좀 더 파야 하는데 양손이 이런 상태다. 거기다 이 동혈엔 자신과 긴 혀를 빼물고 뒈진 대호뿐이었다.

그 말인즉슨.

개고생만 남았단 소리다.

운도 억세게 좋아 월광도를 무사히 찾아내어 살았지만, 그가 기억하기엔 천구패의 비급은 좀 더 파고 들어가야 했다. 용의주도한 남궁일, 그 도적놈이 비급을 월광도보다 더욱 깊숙이 파묻어서다.

"아니, 이렇게 깊게 파묻을 정도로 강호가 걱정됐으면 그냥 없애든가! 선배의 유지를 제 손으로 꺾기 싫어 없애지는 못하겠고, 이렇게 깊게 파묻어 놓는 건 대체 무슨 심보야? 하여튼 이 도적놈은 모순덩어리야. 모순덩어리!"

독고월은 양팔을 덜덜 떨면서, 초난희가 준 전표 다발을 둥글게 말았다. 그리곤 그걸 재갈처럼 입에 물었다. 이 잠깐의 동작에도 고통이 뇌리를 강타했다.

후욱.

한 번 숨을 들이켜고는 금이 간 양팔을 구덩이로 뻗었다.

곧 애써 말아놓은 전표 다발이 툭 떨어지는 소리가 들렸다.

"끄아아아악! 이 망할 도적놈아아—!"

도저히 욕설을 안 하고는 못 배기겠나 보다. 저주도 함께 쏟아져 나왔다. 하나같이 고통에 찬 울부짖음이 뒤섞여 있었다.

금이 간 양팔로 땅을 파는 건 절대로 쉬운 일이 아니었다.

정말이지 남궁일은 도움이라곤 전혀 안 되는 놈임이 분명했다.

4

칠일이 지났다.

초난희와 약속한 시일이 다가온 것이다.

타닥타닥.

모닥불의 불똥이 튀어 올랐다. 온몸을 불사른 무언가의 잔재가 모닥불 사이로 보였다.

천구패의 비급이 남긴 잿더미다.

독고월이 그걸 멀거니 바라봤다.

설마 불쏘시개밖에 안 돼서 모닥불 속에 있는 걸까?

그건 아니었는지 독고월의 눈빛은 전과 달리 형형하게 빛났다. 지난 칠 일간 독고월에겐 많은 변화가 생겼다.

천구패의 비급을 익힌 덕분이다.

비급은 남궁일이 넣어놨던 그대로 놓여 있었다. 비급 내용도 천구패의 무공이 빠짐없이 총망라되어 있었다.

전가의 보도나 다름없는 극상승의 무공들.

첫 번째로 섬전행(閃電行).

대성했을시 한 줄기의 벼락이 되게 해준다는 천구패의 경공술이었다.

예측할 수 없는 벼락 줄기가 절로 떠올랐다. 생전의 천구패도 대성하지 못했다고 한다. 한데 그것만으로도 천하에 그와 경공술을 견줄 자가 없다고 쓰여 있었다. 물론 어느 정도의 허풍이 가미됐다고 여기는 독고월이었다.

"주위에서 칭송해주면 자신이 정말 대단한 줄 알고 믿는 작자들이 있지. 남궁일, 그 도적놈처럼!"

한차례 이를 간 독고월은 다음 무공을 떠올렸다. 가장 중요한 것 중 하나였던 심법이었다.

두 번째인 월광심법(月光心法).

구결을 읽어보니 그 이름처럼 음한지기를 다루는 심법이 맞았다. 담긴 무리도 심오했다.

세 번째인 도법.

단 여섯 개의 초식으로 이루어졌고, 그 위력은 하나같이 무식했다. 파괴적인 무공 아니, 마공이라 불려도 될 정도였다.

천구패는 도의 극의를 이루기 위해 평생을 바친 인물.

원래는 열두 개였던 초식을 다 펼치기 귀찮다고 여섯 개로 줄이는 만행까지 저질렀다.

또 그것도 모자라서 단 한 초식으로 만들기 위해 은거에 들어가기까지 했으니.

—도의 극의에 다다르면 칼질 두 번 할 것도 없다. 한 번이면 족하지!

남긴 이 글귀만 봐도 어떤 인물인지 그려지지 않는가?

부스스.

독고월이 자리를 털고 일어섰다. 모닥불을 발로 밟아 꺼트렸다. 물론 그 와중에도 남궁일 욕은 빠트리지 않았다.

"멍청한 놈! 이렇게 머릿속에 죄다 때려 박고 태워버리면 될 것을. 하여간 누가 천하제일 기재라고 했는지, 원. 멍청한 애를 겉멋만 들게 해놔서… 쯧쯧!"

욕설과 함께 재가 바람에 실려 흩날렸다.

달 좋은 밤이다.

독고월은 두 눈을 감고 마음의 세상으로 빠져들었다. 천구패를 독보강호하게 해주었던 도법을 상상으로나마 그려보기 위해서였다.

육도낙월(六刀落月).

172

천구패의 도법은 총 여섯 개의 초식으로 이루어져 있었다.

제일도 삭월도(朔月刀).
제이도 반월도(半月刀).
제삼도 망월도(望月刀).
제사도 잔월도(殘月刀).
제오도 섬월도(纖月刀).
제육도 폐월도(廢月刀).

마음속의 세상에도 달이 휘영청 떴다.
그 아래에 선 독고월이 육도낙월을 구사하였다.
슈아악!
천구패의 애병이었던 월광도가 독고월에 의해서 하늘을 수놓았다. 제일도 삭월이 만들어낸 도기가 밤하늘을 초토화할 듯이 쉴 새 없이 뻗쳤다.
시작부터 과감하다.
슈아아악!
제이도 반월은 그보다 더했다. 도기의 수는 늘어났고, 그 여파로 도풍마저 밀어닥쳤다. 피할 방위가 더욱 줄어든 것이다.
스아아아악!

제삼도 망월은 말할 것도 없이 막무가내였다. 도기는 앞서 펼쳤던 것, 그 배 이상으로 늘었고 폭풍마저 휘몰아쳤다.

밤하늘이 갈가리 찢겨 나갈 정도의 어마어마한 위력이 아닐 수 없었다.

이 세 번의 칼질로 내공의 절반이 사라진다.

일은 벌여놓고 뒤는 결코, 돌아보지 않는 사내대장부의 무식한 등짝이 절로 그려졌다.

스으으으.

제사도 잔월은 그나마 얌전했다. 무척이나 은밀하게 숨죽인 도기의 다발이 밤하늘의 허공을 갈가리 찢어발기는 것만 제외하면 말이다.

아마 당한 상대도 언제 저승 간지 모를 정도로 음유(陰柔)한 일도겠다. 위력은 당연히 망월보다 배였다.

제오도 섬월!

번쩍!

가늘고 줄기차게 뻗어 나가는 벼락이라고 말하면 어울릴까?

월광도가 목표한 지점을 내리찍었다.

보기엔 아무런 변화가 없었지만, 만약 독고월의 앞을 가로막는 존재가 있었다면!

말 그대로 눈 깜짝할 새에 잘게 분해됐으리라.

이 단 일도에 남은 내공이 전부 소모된다.

마음의 세상 속에서 잠시 운기를 하여 내공을 가득 채워본다. 마지막 제육도인 폐월도를 위해서다.

독고월의 월광도에 빛이 번쩍이는 순간!

우르르쾅!

천지가 개벽할 듯이 요동쳐댔다. 마음속의 세상이 와르르 무너져내린 것이다.

이 한 수에 독고월은 선천진기까지 전부 고갈된다. 동귀어진의 한 수가 아닐까 싶을 정도로 어마어마한 내공 소모를 불러온다.

말 그대로 죽음의 한 수겠다.

육도낙월.

얼마나 말도 안 되는 무공인지 실감이 났다.

어려서부터 갖은 영약으로 벌모세수를 받은 남궁일이었다.

거기다 깨달음까지 얻어 갑절로 불어난 내공인데도, 선천진기까지 고갈될 정도란 계산이 섰다.

피아를 가리지 않고 파괴하는 것도 모자라, 세상은 물론 자신까지 파괴하고 마는 육도낙월의 마지막 초식 폐월이겠다.

천구패.

이 선배는 강호랑 동귀어진하는 게 꿈이었나 보다. 물론

175

사내대장부라면 야무진 꿈 하나 정도는 꿔줘야 한다지만, 말도 안 되는 무공이 존재할 줄은 상상조차 못했다.

무공에 미친 작자에게 딱 어울리는 정신 나간 무공이랄까.

남궁세가의 비전도 이렇지 않았다.

마음속에서 상상한 것만으로도 속이 울렁거리다니.

독고월은 입을 다물고 월광심법으로 심신을 안정시켰다.

우우우웅.

내공이 독고월의 의도대로 움직였다.

역시 독고월이 한 가정이 맞았다.

남궁일이었을 때의 내공이 창천에 뜬 태양처럼 광명이었다면, 지금 독고월에 의해 움직이는 내공은 밤하늘의 달처럼 음유하고도 창백한 밝음이었다.

말 그대로 음과 양(陰陽).

영혼이 바뀌었다. 같으면서도 전혀 다른 영혼으로 말이다.

탈태환골을 하던 그때!

기생령이었던 독고월에 의해 양강지기가 음한지기로 바뀐 것이다. 그리고 바뀐 음한지기를 다스릴 수 있는 심법이 월광심법이고.

마치 독고월을 위해 예비 된 운명처럼 참으로 공교로웠다.

독고월이 운기조식을 마무리했다. 탈태환골로 깨끗해지고 넓어진 혈맥 덕에 운기조식은 무척 빨리 끝났다. 형형했던 눈빛이 갈무리됐다. 독고월은 길게 숨을 내쉬었다.

"후우우."

우연으로 치부하기엔 확실히 무리가 있었다. 운명의 안배처럼 작위적이기 그지없었다.

독고월이 월광도를 허리춤에 패용했다. 그의 등 쪽 흑의 무복이 넝마가 될 정도의 상처를 입었지만, 초난희가 챙겨준 금창약 덕에 아무는 중이었다. 생각보다 상처가 얕았던 탓일까 싶었다.

그것만이 아니었다.

호리병에 든 탕약 덕에 대호로부터 목숨을 구할 빌미를 얻었다. 이것도 우연의 일치라 치부하기엔 공교로웠다.

저벅저벅.

독고월의 걸음 소리는 지금까지와 달리 여유로움이 넘쳐흘렀다. 비록 겉핥기식으로 대충 익힌 천구패의 무공이지만, 이 정도면 강호를 주유하기에 충분했다.

"하하."

호방한 웃음소리가 절로 나왔다. 드디어 무공을 쓸 수 있게 된 사실이 주는 쾌감 덕분이었다.

第 6 章

第 6 章.

1

하루가 흘렀다.

섬전행을 펼쳤다면 단숨에 당도했을 거리였다.

독고월은 그러지 않았다. 느긋하게 걷고 또 걸었다. 굳이 빨리 가야 할 이유도 없었고, 월광심법으로 내공이 통제되는 이상 급한 마음도 싹 사라졌다.

측간 들어갈 때와 나올 때의 마음이 다르다고, 딱 그 짝이었다.

물론 독고월이 천구패의 무공을 대성한 건 절대 아니었다.

고된 수련과 함께 피나는 실전이 이어져야 이룰 수 있는 경지가 대성이었다. 무공이란 건 단순히 구결을 암기

했다고 끝나는 문제가 아니었다. 머리로는 알아도 그걸 펼칠 몸이 완전하게 적응하기 위해선 많은 시간이 필요한 법이다.

독고월이 보기에도 육도낙월, 섬전행, 월광심법은 난해하고 심오한 무공임이 틀림없었다. 그렇다고 해도 독고월이 탈태환골을 하기 위해 얻은 깨달음과 초절정이란 경지는 결코, 가볍지 않았다.

마음만 먹으면 천구패의 무공들을 대성할 수도 있었다.

하지만.

필연적으로 많은 시간과 실전이 필요했다.

과거 천하제일인이라고 칭송받던 천구패였다. 침식을 잊고 무공에 죽고 사는 무공광이라는 그조차도 대성은 물론, 도의 극의를 맛보지 못했다고 한다.

즉, 은거에 들어가 한 우물만 죽자고 파도 무리란 소리였다.

근데 독고월이라고 어디 며칠 만에 대성할 수 있겠나?

말도 안 되지.

물론 독고월에겐 어마어마한 내공과 더없이 완벽한 육체, 남궁일로서 경험했던 갑자의 세월이 있었다. 그런 독고월도 천구패의 무공들을 대성하려면 피나는 노력과 생사결이 수반되어야 했다.

"대체 왜 그래야 하는 건데?"

중얼거린 독고월의 입매가 그리는 건 조소였다.

인생을 즐기기에도 부족한 시간이었다. 천구패처럼 산골짜기에 틀어박혀 무공을 익힐 시간 따윈 없었다. 그저 제 한 몸 건사할 정도면 되었다. 절반의 성공이면 충분하다.

그 말인즉슨.

실제로 독고월이 펼칠 수 있는 육도낙월은 제삼도 망월도까지였다. 제사도 잔월도부터는 '아, 이 정도의 위력을 내는 무공이겠구나!' 하고 상상하는 정도에 불과했다.

하지만 남궁일의 경험을 미루어 짐작하건대.

육도낙월에서 제삼도이면 어지간한 무인들은 패퇴시킬 수 있었다. 그러니 그 이상의 경지를 바랄 이유도, 욕심도 없었다.

세상을 유람하며 많은 것들을 직접 보고, 느끼고, 체험하기도 바쁘다.

운명이고 나발이고, 그딴 건 아무래도 좋았다. 남궁일과 관련된 건 생각조차 하기 싫었다. 그저 강호를 느긋하게 주유하는 삶만을 머릿속에 그렸다.

"흠."

그전에 독고월은 마음의 빚을 지워버릴 작정이었다. 그냥 무시해도 됐지만, 초난희에겐 진 빚이 있었다.

목숨 빚.

그것도 두 번이나 진 셈이다.

아무리 그녀가 딱 질색이라 해도, 목숨 빚을 무시할 정도로 자신은 막돼먹진 않았다.

얼마 전까지 도망가려고 애를 썼던 게 누구였는지 모를 정도로, 급격한 심경의 변화겠다.

막상 힘을 얻으니 여유가 생겼고, 그 덕분에 주위를 돌아보게 되었다.

어찌 됐든 생명의 은인임은 분명하지 않은가? 그렇게 스승이란 작자를 찾고 싶다는데 그거 하나 못 들어주랴.

결코!

심심하거나, 만리추종향 때문에 따라붙을 찰거머리 같은 계집이 두려워서가 아니다.

초난희의 스승을 찾는데 도움을 주면 될 일이었다. 자신도 귀찮지 않고, 초난희도 좋고 일거양득의 방법이 있었다. 강호의 하오문과 같은 정보단체를 이용하는 것이다.

한데 독고월은 초난희의 스승이란 작자의 이름도 몰랐다.

"뭐, 그건 내 알 바가 아니지. 하오문에 데려다 주면 알아서 찾겠지. 약은 약사에게, 귀찮은 작자 찾기는 잡배들에게."

그래도 만에 하나 계속 귀찮게 한다면, 약간의 무력을 보여줄 의향도 있었다.

상황은 역전됐다.

음흉하게 미소 지은 독고월의 눈앞에 작은 마을이 모습을 드러냈다. 초난희가 머무르고 있는 객잔이 그곳에 있었다.

약속한 칠일하고도 하루 더 지난 마당이다.

독고월은 그녀가 바로 나타날 줄 알았다. 끈덕지게 따라붙던 그녀라면 그럴 거라 여겼는데 잠잠하다.

당연히 독고월이 그녀에게로 돌아오리라 생각한 걸까?

"……."

막상 초난희의 얼굴을 떠올리자, 발길을 돌리고 싶었다. 그러나 참았다.

목숨 빚은 갚아야지. 농락당한 고마운 나날들에 대한 이자까지 쳐서!

자신은 금수만도 못한 인간말종이 아니었다. 물론 얼마 전엔 귀찮게 구는 초난희가 싫어 추태를 아주 조금 부렸다. 그녀로 말미암아 벌어질 사달 때문이었다. 한데 그런 사달은 벌어지지 않았다. 오히려 독고월, 그 자신이 사달을 일으켰다.

"다 걔 때문이지."

고개를 끄덕이며 스스로를 변론한 독고월이 마을에 들어섰다.

작은 마을치고 분주한 저잣거리.

떠날 때와 달리 휑한 느낌마저 드는 객잔이 보였다.

이미 해가 중천에 떴건만, 초난희가 내다보던 객잔의 창문은 굳게 닫혀있었다. 간밤에 뭘 했기에 아직도 안 일어났나 싶었다.

"쯧!"

독고월이 혀를 찼다. 엉망이나 다름없던 초난희의 처소가 떠올랐다. 얼마나 오래 청소하지 않았으면 그런 꼴이 될까 싶었다.

정리를 안 하는 게으른 모습이 나태한 생활을 그대로 보여주는 거다. 아마 스승이란 작자도 초난희를 보다 못해 버리고 도망간 게 분명하다.

비웃음을 머금은 독고월이 간 곳은 객잔이 아니라 포목점이었다. 깨끗한 의복으로 갈아입을 요량이다.

"어, 어서 오십시오. 공자님!"

쥐 상의 중년 사내가 양손을 공손히 모으며 허리를 꺾었다. 굉장히 친절하긴 한데 표정이 경직되어 있었다. 독고월을 두려워하는 모양새였다.

"흐음."

독고월은 그제야 제 몰골을 점검할 수 있었다. 입고 있는 흑의무복이 피에 젖는 것도 모자라 갈가리 찢겨 있었다. 게다가 허리춤엔 큼지막한 월광도까지 매달려있다.

양민에 불과한 포목점 주인이 겁먹는 건 당연했다. 허리마저 꺾는 과잉친절을 보이는 것도 그런 연유에서다.

포목점 주인의 두 다리가 바람결의 사시나무처럼 떨렸다.

독고월이 고소를 지었다.

"이 옷과 똑같은 흑의무복으로 한 벌 주게."

"예, 예!"

떨리는 목소리로 답한 포목점 주인이 서둘러 다가와 치수를 재었다. 가까이 와서 독고월의 등 쪽 상흔을 본 그의 표정이 창백해졌다.

"어, 어디 멀리서 오랫동안 격전이라도 치르고 오셨나 봅니다. 옷이 갈가리 찢어지는 것도 모자라 군데군데 헤졌습니다."

독고월은 산만한 대호를 잡아 죽였다고 설명하려다가 생각을 바꿨다. 일일이 말해줄 필요성을 못 느껴서다.

"……"

"험험!"

돌아오는 답이 없자 포목점 주인이 맥없이 헛기침했다. 쓸데없는 걸 물었다고 여겼는지 치수를 재는 손놀림이 무척 빨라졌다. 그는 뒤쪽으로 뛰어가더니 독고월의 몸에 딱 맞는 흑의무복과 물에 젖은 무명천을 가져왔다. 무명천으로 피딱지를 닦아내라는 것이다.

독고월은 흡족해하며 한쪽으로 가서 의복을 벗었다.

스르륵.

엉망이 된 흑의무복을 벗은 독고월의 동체는 확실히 대
단했다. 호랑이의 발톱이 남긴 상흔이 몸 곳곳에 있었지
만, 이미 아물었다. 그러고 보니 양팔의 통증도 없었다.

약 칠 일 만에 이 정도로 회복되다니.

확실히 초난희가 준 금창약의 효과는 대단했나 보다.

"크흑!"

엉망이 된 흑의무복을 치우던 포목점 주인이 기겁했다.
무언가를 발견했나 보다.

무명천으로 몸을 닦은 뒤, 새 의복으로 갈아입고 나온
독고월이 물었다.

"어찌 그러느냐?"

"아, 그게… 이렇게 딱딱한 아니, 말라비틀어진 금창약
은 처음 봐서 그렇습니다. 보십시오. 냄새도 고약합니다.
못해도 일이 년은 훌쩍 지난 것 같습니다만."

그가 금창약 통을 든 채 얼굴을 찌푸리고 있었다.

독고월이 피식 웃었다.

"효과는 확실하지. 가질 텐가?"

"아, 아닙니다!"

자신이라면 절대 바르지 않을 금창약이었다. 고개를 얼
른 가로저었다. 더 권할까 두려워 금창약을 서둘러 건네
줬다.

"고맙다."

"별말씀을요. 흑의무복 속에 있던 걸 드린 것뿐인데요."

그가 멋쩍은 표정을 지었다.

잠시 후.

"의복값이다."

독고월이 건넨 전표를 받아든 포목점 주인이 화들짝 놀랐다.

"어이쿠, 감사합니다. 공자님."

그 액수에 포목점 주인의 허리가 대번에 꺾였다. 아까는 겁에 질려서였다면 이번엔 정말 감사한 마음에서다. 강호인으로 보여 어쩌면 값을 치르지 않을 수도 있다고 여겨 과잉친절을 베풀었다.

하지만 독고월이 건넨 전표는 똑같은 흑의무복 열 벌을 사고도 남는 금액이었다.

재신이다, 재신.

떠나는 독고월의 뒤꽁무니를 향해 절이라도 하고 싶었는지, 포목점 주인이 따라나왔다. 큰 목소리로 인사하며 허리가 부러질 듯이 인사했다.

"안녕히 가십시오, 공자님! 다음에도 저희 포목점을 애용해……!"

웃는 낯으로 고개를 들던 그가 두 눈을 크게 떴다. 독고월이 멀지 않은 위치의 객잔 앞에 멀거니 서 있어서다.

정신이라도 나간 걸까?

포목점 주인은 그냥 무시하고 들어가려다가, 그가 건네
줬던 전표를 보고는 마음을 바꿔먹었다.

재신에겐 친절은 필수지, 필수!

포목점 주인이 독고월에게 다가가 물었다.

"공자님, 이 폐점한 곳엔 어찌 서 계십니까?"

"……."

독고월의 고개가 그에게로 돌려졌다.

"지금 뭐라 했느냐?"

그 형형한 눈빛에 포목점 주인이 겁을 집어먹었다.

2

－몇 해 전에 객잔의 주인과 점소이는 물론 안에 있던 손
님들까지 모두 몰살당한 사건이었지요. 얼마나 처참하게
죽였던지 시신들을 수습하러 왔던 관병들도 멀쩡하게 두
다리로 걸어나간 사람이 없었지요. 워낙 험한 사건인지라
재수 없다고 인수할 사람도 없고 해서. 조만간 저 객잔을
헐어버린다고…….

독고월은 그의 말을 끝까지 듣지 않았다.

콰앙!

굳게 닫힌 문을 박차고 객잔 안으로 쳐들어갔다.

객잔 안의 풍경은 초난희와 함께했던 날과 아주 달랐다.

깨진 식기 하며 부서진 탁자와 의자.

과거의 상황을 보여주듯 말라붙은 검붉은 자국들이 곳
곳에 널려 있었다. 내부엔 먼지가 잔뜩 내려앉아 있었고,
천장과 모서리엔 거미줄이 진을 치고 있었다.

"고, 공자님! 어서 나오십시오. 새벽녘마다 귀곡성이 들
려온다고 하여 이 마을 사람들도 이곳을 지나치기 꺼립니
다!"

밖에서 손짓하는 포목점 주인이었다.

"……."

독고월은 말없이 그를 바라보다가 신형을 박찼다.

휘익!

귀신처럼 사라진 독고월에 포목점 주인의 안색이 창백
해졌다.

"귀, 귀신? 히익!"

모골이 송연해진 그는 제 가게로 부리나케 도망쳤다.

"……."

독고월의 신형은 객잔의 이 층에 있었다. 초난희가 서
있던 창가에서 도망치는 포목점 주인을 바라보고 있었다.

역시 초난희는 없었다.

헛웃음만 나왔다. 그녀가 있던 내실은 맞는데, 안의 모습은 그때와 사뭇 달랐다.

탁자 위에 익숙한 물건 두 개가 보였다.

하나는 전낭 주머니.

바로 초난희에게 있어야 할 물건이었다. 돈도 그대로 들어있었다. 아무래도 초난희가 한 짓 같았다.

나머지 하나는 만리추종향이 든 작은 병이었다.

"쓸데없는 짓을."

초난희가 자신을 객잔 창가에서 보던 당시가 떠올랐다. 분명 흔들리는 표정이었다.

처음부터 이럴 생각이었던 것일까? 그것도 목숨 빚을 지워놓고서?

마음의 여유가 생기니 생각이 달라진 독고월이다. 가슴 속 깊은 곳에서 무언가 끓어올랐다. 그게 무슨 감정인지 알 길이 없었다. 물론 호감 따위의 싸구려 감정이 아니었다. 극히 모순된 그녀의 태도로 말미암은 반발심이 맞을 것이다.

이게 대체 어찌 된 영문인지 도통 모르겠지만, 일단은 초난희를 찾는다.

독고월은 기감을 넓혔다.

객잔 안에서 느껴지는 인기척은 아예 없었다. 이곳에 독고월의 궁금증을 해결해줄 초난희는 보이지도 않았다.

그렇다면 그곳으로 가는 수밖에 없었다.

휘익!

신형을 박찬 독고월의 신형이 창가 너머로 날아갔다.

천구패의 경공술인 섬전행이었다.

마침내 시공을 뛰어넘어 세상에 다시 모습을 드러낸 것이다.

우르릉!

때아닌 천둥소리에 포목점 주인을 비롯한 마을 사람들이 하늘을 올려다봤다.

의뭉스러워하는 그들의 눈엔 구름 한 점 없는 푸른 하늘만 보였다.

우르릉!

마른하늘에 날벼락이라도 떨어졌다.

산 중턱에 먼지가 일었다.

쿠웅.

지축을 흔드는 굉음의 주인은 독고월이었다.

섬전행.

정말이지 놀라운 경공술이다.

남궁일이 펼쳤던 경공술도 여타의 무인들에 비해 대단하다고 여겼는데, 숫제 수준이 달랐다. 뇌조(雷鳥)란 말 외엔 달리 표현할 방도가 없었다.

한데 이조차도 오성 수준에 불과하다.

내력소모가 많다는 것만 빼면, 이젠 전설이 된 곤륜파의 경공술인 운룡대구식(雲龍大九式)에 견줄 만했다.

"후우."

한숨을 내쉰 독고월의 눈동자가 한쪽으로 향했다.

마침 사냥꾼 복장의 사내가 저 멀리서 다가오고 있었다.

독고월이 산 중턱으로 떨어져 내린 이유가 여기에 있었다. 화전민촌을 향해 날아가다가 사냥꾼을 발견하고 마음을 바꿔먹은 것이다.

이 근방 지리에 대해 훤히 아리라.

독고월이 그에게 다가갔다.

"…뉘시오?"

사냥꾼은 웬 젊은 놈이 다가오는 모양새에 잔뜩 경계부터 했다. 그렇지 않아도 천둥소리와 지축을 흔드는 굉음에 마음도 뒤숭숭하던 차였다.

"물어볼 게 있다."

어린놈이 대뜸 반말하는 꼬락서니가 맘에 들지 않았지만, 허리춤에 찬 도에 일단 저자세로 나갔다.

"글쎄요, 아는 게 별로 없어서."

초로에 접어든 사냥꾼의 불편한 심경이 어디서 기인하는지 알만했다.

"훗!"

194

독고월은 코웃음을 치고는 만고불변의 진리를 보여줬다. 전표 한 장을 쳐든 것이다.

사냥꾼이 저게 뭐다냐 하고 다가오다가, 두 눈을 화등잔만 하게 떴다.

자고로 공돈을 싫어하는 사람은 없었다.

"무, 무엇이든 물어보십시오! 공자님!"

털썩.

무릎마저 꿇은 사냥꾼이었다. 넙죽 엎드린 눈에서 탐욕이 진하게 읽혔다.

이런 게 바로 연륜이다.

독고월이 전표를 팔랑거리며 말했다.

"몇 가지 물어볼 게……."

"말씀만 하십시오! 죄다 읊어드리겠습니다."

사냥꾼은 말을 끊었다가, 독고월이 전표를 와락! 구기자 얼른 고개를 수그렸다.

"죄, 죄송합니다."

"이 근처에 화전민촌이 있다는 걸 아느냐?"

"예, 있었습죠."

독고월의 눈빛이 번뜩였다.

"있었다고?"

"일 년 전에 횡액을 당한 뒤론 아무도 그곳에 살고 있지 않습니다요."

독고월은 할 말을 잃었다. 분명 자신이 머물렀던 곳이었다. 독고월의 눈매가 가늘어졌다.

"네가 한 말에 책임질 수 있겠느냐?"

"예! 어느 안전이라고 거짓을 고할까요. 정말입니다, 공자님."

젊은 청년이 화를 내는 것 같자, 사냥꾼은 고개를 조아렸다. 돈이 도로 품으로 들어갈까 봐 무척이나 전전긍긍했다.

적어도 거짓을 말하는 게 아니란 소리다.

머릿속엔 혼란이 일었다.

지난 한 달간 분명히 그들과 함께 머물렀다.

"하면 화전민촌에서 의술을 베풀던 초난희란 여인에 대해선 아느냐?"

"예, 알다마다요."

엎드린 사냥꾼의 눈에 이채가 흘렀다.

독고월이 재차 물었다.

"그 여인은 지금 어디 있느냐?"

"혹 무슨 일로 찾으시는지 여쭤봐도 되겠습니까?"

되묻는 게 뭔가 아는 눈치였다.

독고월은 사실대로 말해줬다. 괜한 경계심을 키울 필요는 없었다.

"그 여인에게 빚을 졌다."

"…그렇습니까? 그럼 절 따라오십시오."

사냥꾼은 몸을 돌리며 말했다. 아무래도 초난희가 있는 곳을 아는 모양이었다.

독고월은 사냥꾼의 뒤를 따랐다.

휙휙!

제법 날랜 움직임으로 앞서 가는 사냥꾼.

이 근방 산길에 대해 훤한지 거침이 없었다.

하긴, 밥 벌어먹는 짓이 산타고 사냥하는 것이다. 당연히 산의 지리에 대해선 누구보다 잘 알 테다.

중천에 뜬 해가 살짝 기울어졌을까.

사냥꾼은 뒤를 흘끗 바라봤다. 젊은 청년이 잘 따라오는지 보기 위함이 아니었다. 어느덧 목적지에 당도한 것이다. 화전민촌에서 멀지 않은 위치다.

"이곳입니다."

앞서 걷던 사냥꾼이 한쪽으로 비켜서며 손을 뻗었다.

독고월은 사냥꾼이 터준 길로 갔다가 침음을 흘렸다.

"……."

가슴 한켠으로 서늘한 바람이 스쳐 지나갔다.

독고월의 눈앞에 수많은 봉분이 자리해있었다. 근거리에 묘지들이 있는 사실을 눈치 못 챈 건 둘째치고, 사냥꾼의 손가락이 그 중 봉분 하나를 가리키고 있는데.

그것이 소담한 것이 여인의 것으로 보여서다.

3

"감사합니다, 공자님!"

전표를 건네받은 사냥꾼은 희희낙락했다.

대답없이 독고월이 발걸음을 옮겼다.

걸어서 반 각도 안 돼서 도착한 곳은 그녀의 처소 앞
이다.

휘이이익—

바람 소리가 길게 울었다.

독고월의 눈빛에 이채가 흘렀다.

"흠."

사뭇 달라진 처소의 분위기는 을씨년스러웠다. 화전민
촌을 감쌌던 운무가 사라졌는데도 말이다.

횡액을 당한 상흔이 곳곳에 남아있어서일까?

타다만 지붕과 흙벽에 그을린 자국들은 물론, 지워지지
않은 핏자국마저 있었다.

지난 한 달간 이곳에서 지낼 땐 보지 못한 것들이었다.

"이게 대체……."

독고월은 혼란스러움을 느꼈다.

그가 머물렀던 모옥은 물론이고, 화전민들이 있던 곳은
폐가나 다름이 없었다.

지금껏 봐왔던 것은 모두 허상이었단 소린가?

이 화전민촌엔 사람이라곤 눈을 씻고 봐도 찾아볼 수가 없었다.

이게 대체 어찌 된 건지 영문을 모르겠다.

"으아아악!"

느닷없이 한 촌민이 눈앞에서 쓰러졌다.

그 위를 덮치는 것도 모자라, 박도로 촌민의 가슴팍을 찍어누르는 녹림도가 누런 이를 드러내며 웃었다. 다음 사냥감을 찾은 것이다.

"꺄아아악!"

바르르 떠는 처녀의 머리채를 잡아챈 녹림도는 그대로 집안으로 끌고 들어갔다.

"화아야!"

어미로 보이는 푸짐한 몸매의 중년 여인이 대경실색하며 달려들지만, 어디선가 날아온 화살을 맞고 쓰러졌다.

"아악!"

중년 여인은 다리를 꿰뚫은 화살에도 엉금엉금 기어갔지만, 재차 날려진 화살에 목이 꿰뚫리고 말았다.

"흐흐! 돼지 같은 년."

휘익!

활을 재차 메긴 녹림도가 이번엔 독고월을 향해 활을 쐈다.

너무 생생한 느낌에 독고월은 고개를 옆으로 슬쩍 움직

였다.

화살이 독고월의 뺨을 스쳐 지나갔음에도 바람 한 점 일지 않았다.

환각이었다.

푸욱!

가슴에 화살을 맞은 중년인이 비틀거렸다. 들었던 농기구가 땅에 떨어졌다.

챙그랑.

독고월도 본 적이 있던 중년인이었다. 화전민촌의 대소사를 두루 살피던 그는 촌장이나 다름없었다. 책임감도 강하고, 초난희를 아꼈다.

그걸 증명이라도 하듯.

중년인은 화살을 맞았음에도 그녀의 앞에서 비키지 않았다.

"장 아저씨."

초난희가 슬픈 표정으로 그를 부축했지만, 가슴이 꿰뚫린 그의 입에서 나올 말은 피 끓는 소리뿐이었다.

"끄으으윽."

도망가라는 듯이 팔을 휘저으며 초난희를 밀었다.

하지만 그녀는 그러지 못했다. 뒤에서 오들오들 떨고 있는 의동들 때문이었다.

장 아저씨의 눈이 서서히 감기는 걸 끝으로 마을의 사내

200

들은 모조리 죽었다.

대역죄를 저질러서 능지처참을 당해도 이보단 끔찍하진 않으리라.

화전민 사내들의 주검은 아주 엉망으로 훼손되었다.

녹림도들은 자신들이 만들어낸 살풍경을 보며 웃었다.

초난희가 고왔던 눈매를 매섭게 치켜떴다.

"이런 천인공노할 짓을 저지르다니 하늘이 무섭지도 않나요? 어떻게 사람의 탈을 쓰고서!"

그녀의 외침에도 그들은 히죽거렸다. 박도를 치켜든 그들이 초난희를 향해 일제히 달려들었다.

의동들이 두 눈을 질끈 감으며 울부짖었다.

"일 년 전이었습죠. 화전민촌에 참화가 닥친 건."

뒤에서 들려오는 사냥꾼의 목소리였다.

독고월은 쳐다볼 새도 없었다. 눈앞에 펼쳐진 또 다른 장면 때문이었다.

꿀렁꿀렁.

복부에 박도의 절반이 박힌 초난희는 피에 젖은 몰골이었다. 그녀의 붉은 시야에 눈물로 범벅된 의동들의 회색빛 눈동자들이 들어왔다.

결국, 지키지 못했다.

"꺄아아악!"

사방에서 들려오는 여인의 비명들.

약탈은 진행 중이었다.

녹림도 중 가장 덩치 좋았던 텁석부리가 다가왔다. 인근 고산채의 부채주 막수였다.

"막수, 당신……."

"이거 미안하게 됐수다, 초 의원."

막수는 말과 달리 흉측한 웃음을 매달았다. 초난희가 도망치게 했던 의동들을 데리고 온 그 덕분에, 그녀를 제압하는 데 성공했다.

"아아."

생기가 사라져가는 초난희의 눈동자에 물기가 어렸다. 분노에 의해서가 아니었다. 채 피지도 못하고 지고만 새싹들 때문이었다.

고산채와 화전민촌.

그들은 나름 공생하는 관계였다. 이렇게 한 번의 약탈로 끝내는 것보다 일정한 보호비를 주기적으로 받는 게 여러모로 나아서다. 게다가 초난희는 그들에게도 대가 없이 의술을 베풀었다.

"한낱 금수도 입은 은혜를 아는데……!"

"흐흐, 우린 금수만도 못한 가보오."

막수가 초난희의 아랫배 쪽을 바라봤다. 단전이 깨졌으

니 반항을 못할 것이다. 이제 그녀는 평범한 민초나 다름이 없었다.

"그저 할 일을 한 것뿐이지. 내 얼마나 이 순간을 기다려왔는지 아시오? 스승이란 작자와 있을 땐 언감생심 꿈도 꾸지 않았었는데, 제 발로 나갈 줄이야. 하늘이 돕지 않고서야 이런 천재일우의 기회를 맞이하게 될 줄은 꿈에도 몰랐소. 그렇다고 너무 노려보지 마시구려. 어차피 세상 일이 다 그런 거 아니겠소?"

"……."

"어찌 내가 그대를 살려놓은 지 아시오?"

막수는 대답없는 그녀의 앞에 서서 음흉하게 웃었다.

초난희는 그의 눈에 서린 음심을 읽었다.

막수가 큼지막한 손을 뻗어왔다. 초난희의 옷을 벗기려 함이었다.

순간 초난희의 눈이 번쩍였다.

"허엇!"

헛바람을 삼킨 막수가 서둘러 물러섰다. 설마 다 죽어가는 몰골로 덤벼들 줄 몰랐다.

사악!

하지만 초난희가 휘두른 박도가 더 빨랐다. 흩어지던 마지막 진기까지 끌어모은 덕분이었다.

툭.

막수의 뻗었던 큼지막한 손이 땅에 떨어졌다.

"끄아악!"

설마 제 몸에 박힌 박도를 뽑아 공격할 줄은 몰랐던 막수가 울부짖었다.

초난희가 그 여세를 몰아 막수의 목을 치려고 했지만.

슈슈슈슉!

막수의 수하들이 쏘아 보낸 화살이 더 빨랐다.

그 마지막 순간.

초난희의 눈망울이 이쪽으로 향했다.

귀신에게 홀려도 단단히 홀린 것이다.

전직 귀신이었던 독고월이 쓰게 웃었다. 설마 이런 기이한 일을 겪게 될 줄은 꿈에도 몰랐다.

이야기를 마친 사냥꾼 허씨는 착잡한 눈으로 마을을 둘러봤다.

"참으로 살기 좋은 곳이었습니다. 고산채의 녹림도들도 이곳을 약탈하기보다는 일정한 보호비를 받아 왔습니다. 하지만 갑자기 왜 돌변해 그런 참혹한 짓을……."

차마 말을 잇지 못한 허씨가 연거푸 한숨만 내쉬었다.

녹림도가 휩쓸고 간 당시의 화전민촌이 떠오른 탓이다.

목불인견의 참상이었다.

"젊은 여인들을 제외하고는 모조리 몰살당했지요. 그건

사람이 할 짓이 아니었습니다. 살아남은 사람을 찾아봤지만, 하나도 없었죠. 애고 어른이고 할 것 없이… 후우! 그래서 제 동료를 불러모아 양지바른 곳에 그들을 묻어줬지요."

"관에서는?"

처음으로 말문을 뗀 독고월이었다.

허씨가 고소를 지었다.

"…나랏법을 피해 도망간 화전민들의 참사에 관심을 둘 관리는 없었지요."

"……."

"그 고산의 녹림채에게 뇌물을 먹은 게 분명합니다."

허씨의 말에 독고월이 피식 웃었다.

"왜 내게 그런 말을 하는 것이냐?"

"그, 그게……."

말문을 더듬는 허씨에 독고월이 조소했다.

"내가 구천을 떠도는 그들의 원한을 풀어주길 바라서냐?"

"네? 네!"

허씨가 주름진 얼굴로 고개를 끄덕였다. 초난희에게 빚을 졌다는 말에 일말의 가능성을 생각한 모양이었다.

"아서라, 마음에도 없는 말과 행동은 하는 게 아니다. 된통 당하고 싶지 않으면."

누구보고 들으라는 듯이 지껄인 독고월이 자리를 떴다.

허씨가 말 한마디 더 붙여보려 했지만, 독고월의 이어진 말이 먼저였다.

"그러니 할 말 있으면 쥐새끼처럼 숨어있지 말고 나와서 하도록."

이곳엔 허씨와 독고월밖에 없었다.

적막감이 감돌았다.

독고월의 입꼬리가 슬쩍 올라가는 순간.

"껄껄!"

느닷없이 걸걸한 웃음소리가 들려왔다.

독고월은 시선조차 주지 않았다.

허씨의 눈은 이미 갈라지는 수풀 쪽으로 향했다.

거친 가죽옷은 입은 험악한 사내들이 속속들이 도착했다. 대부와 도검, 활로 무장한 녹림도였다. 질긴 천잠사로 엮은 그물들마저 가져온 것이 보통 대비가 아니었다.

강호의 고수를 상대하려는 조치지, 고작 약관의 청년 하나를 상대하기에는 과분했다.

한 녹림도가 인상을 그었다.

"뭐야, 겨우 애송이 하나에 절반이 온 거야?"

"…그러게 말이다. 애송이 하나 잡자고 많이도 끌고 왔네."

독고월의 심드렁한 말에 녹림도의 눈빛에 살기가 어렸다.

다각다각.

만약 말을 탄 거한이 없었다면 녹림도는 당장에라도 덮쳤을 것이다.

"넌 뭐하는 새끼냐?"

짜증이 얼굴에 박힌 거한은 특이하게도 한쪽 손모가지가 없었다. 대신 그곳에 손목에 끼우기 쉽도록 개조한 철조(鐵爪)가 자리했다. 그걸로 피 맛을 제법 봤는지 철조에 피딱지가 진득하게 붙어있었다.

독고월이 그걸 보며 느긋하게 물었다.

"넌 막수란 새끼냐?"

第7章.

第 7 章.

1

막수를 비롯한 녹림도들의 안색이 급변했다.

"아무래도 제대로 찾아왔군."

막수의 사나워진 눈매에 허씨가 허리를 굽실거리며 다가왔다.

"제가 어찌 감히 녹림호걸들께서 헛된 발걸음을 하게 할까요? 분명 저 애송이의 입에서 초 의원에게 빚을 졌다는 말을 이 막돼먹은 두 귀로 똑똑히 들었습니다요. 초 의원의 스승과 연관이 있는 자가 확실합니다!"

허씨의 손이 가리킨 방향에 있던 독고월이 팔짱을 꼈다.

막수가 휙! 던지는 은전 한 닢에 허씨의 입이 찢어질 듯이 벌어졌다.

"감사합니다, 감사합니다!"

이 근방에서 그들의 눈과 귀의 역할을 했다는 걸 단적으로 보여주는 장면이었다.

독고월이 심드렁하게 말했다.

"내 목숨 값이 은전 한 닢밖에 안 된다는 게 슬프군. 이왕이면 좀 더 인심 쓰지그래? 쪼잔하게 굴지 말고."

"허어."

막수와 수하들은 할 말을 잃었다.

허씨는 뭐 저런 놈이 다 있나 싶었다.

제 놈을 사지로 불러들였으니 자신에게 성을 낸다든지 아니면, 도주하든지 해야 할 텐데, 저런 흰소리나 하고 있었다.

행여나 막수의 마음이 변할까 봐, 받은 돈을 얼른 제 가랑이 속에 집어넣은 허씨.

"이런 되먹지 못한 어린놈이! 어디 녹림호걸의 행사에 토를 달아! 그리고 아까부터 말하려고 했는데, 넌 애미애비도 없냐? 어디서 나이 많은 어르신들한테 반말을 해대, 이 후레자식아!"

아깐 공자님이라며 간이고 쓸개고 다 빼줄 것처럼 굴더니.

허씨가 길길이 날뛰자 독고월이 품속에 손을 집어넣었다.

팔락.

도로 손이 나올 땐 전표 한 장이 바람에 흔들렸다.

"……!"

허씨의 표정이 살짝 변했다. 주름진 눈가가 더욱 주름져
졌다. 그 전표가 신경 쓰이기 시작한 것이다.

독고월이 여유롭게 말했다.

"지금 내 쪽으로 붙으면 내 너에게 이 전표를 주지."

"뭐, 뭐라고? 이런 후레자식이 어디서 감히……!"

팔랑, 팔랑.

독고월이 또 한 장을 꺼냈다. 총 두 장이 그의 하얀 손에
의해서 흔들렸다.

"네 냥."

"어디서 개수작이야, 이 미친것……!"

허씨가 막 호통을 치려는데, 독고월의 품속에서 전표 열
장이 빠끔히 고개를 내밀었다.

보지 않아도 스무 냥.

허씨의 눈빛에 순간 갈등이 서렸다.

독고월이 하얀 이를 드러냈다.

"내가 관가에 소속된 사람인데, 아까처럼 효시(嚆矢)를
쏘아 올리면 저 밑에서 대기하고 있는 관병들이 몰려올 거
거든. 이 스무 냥을 줄 테니 쏘거라."

허씨는 독고월의 말에 내심 놀랐다. 놈이 화전민촌으로

떠난 뒤 바람결에 실어 효시를 쐈는데, 그걸 진즉 눈치채고 있었단다.

범상치 않은 작자는 분명하나.

"스무 냥이 뉘 집 개 이름도 아니고. 다, 당신이 관가 사람이란 걸 어찌 믿으란 말이오!"

공자님에서 후레자식, 이젠 당신까지 도로 격상됐다.

"어허! 나한텐 개 이름 맞아. 그러니 아까 내가 화전민촌에 올라갔을 때처럼 효시만 쏴. 나처럼 나라의 녹을 먹는 사람은 허튼소리를 안 하지. 내 아까도 말했지만, 초 의원에게 빚을 진 사람이고 빚을 갚으러 왔다고 했잖아?"

허씨를 향해 독고월은 전표를 통째로 꺼내 들었다. 못해도 백 장은 훌쩍 넘어 보이는 양이다.

"이것 보라고. 이렇게 돈 많이 들고 다니는 후레자식 봤어?"

못 봤다.

허씨가 침을 꿀꺽 삼켰다. 듣고 보니 그랬다. 그가 건네줬던 전표가 중원전장에서 발행하는 직인임을 이미 확인한 허씨였다.

슬쩍 눈치를 보는 그 모양새에 독고월이 화룡점정을 찍어줬다.

탁.

독고월이 땅바닥에 전표가 든 전낭을 패대기쳤다.

"빚 받을 사람은 이미 죽어 없어졌으니 이 쓸모없는 돈은 누구에게 준단 말인가. 효시만 날리면 관병들이 들이닥쳐 이 되먹지 못한 산적 놈들을 물러나게 하는 것도 모자라, 퇴치해줄 터인데. 쯧쯧! 누이 좋고 매부 좋은 일을 왜 모를까? 결국, 이 이백구십육 냥은 저 되먹지 못한 놈들의 손에 넘어가겠구나! 안타깝도다, 안타까워."

"……!"

어마어마한 액수였다. 평생 만져보지 못할 정도로.

막수가 사납게 웃었다.

"머리에 피도 안 마른 애송이에게 은전 한 닢도 아깝지."

바보가 아닌 이상 그 말의 의미를 모를 리가 없었다. 어느새 막수의 눈에도 탐욕이 어렸다.

그 순간!

휘이이이―!

하늘을 향해 효시가 쏘아졌다. 폐허가 된 화전민촌에 당도했을 시 들었던 바람 소리와 똑같았다.

"이놈이!"

대경실색한 녹림도들이 일제히 병장기를 휘둘렀지만, 약삭빠른 허씨는 이미 땅을 구르고 있었다. 제법 날랜 움직임이 빛을 발한 것이다.

병장기들이 헛되이 허공만 갈랐다.

215

"공자님, 약속을 꼭 지키십시오!"

허씨는 그리 말하며 얼른 활에 시위를 메겼다.

피융!

막수를 향해 날아간 화살 한 발.

"감히!"

막수가 황급히 고개를 틀었다. 뺨 위로 붉은 선이 길게 그어졌다. 막수의 일그러진 얼굴은 흉신악살 그 자체였다.

탐욕이 겁을 상실하게 한 건지 아니면, 온다는 관병 때문에 담이 커졌는지, 허씨는 얼른 독고월의 뒤로 물러섰다.

마음의 저울추가 기울어도 단단히 기울었다.

여유만만한 독고월의 태도와 한 몫 단단히 잡을 수 있다는 탐욕이 만들어낸 선택이었다. 돈 앞에 장사 없다고.

허씨가 화살을 메기며 소리쳤다.

"나리, 관병들은……!"

"없다."

천연덕스레 말한 독고월이 전낭을 주워들었다.

넋 나간 허씨의 주름이 더욱 깊어졌다.

"그, 그게 무슨……!"

"관병 없다고, 얼간아. 효시 듣고 올라올 관군이면 아까 네놈이 쐈을 때 올라왔겠지."

216 1

이젠 허씨에게서 한발 물러서기까지 한 독고월이었다.

허씨는 대체 무슨 말인지 몰라 갈피를 못 잡았다.

휘이이잉.

산중에 들려오는 소리라곤 음산한 바람 소리밖에 없었다.

관병들이 내지르는 함성이라든지, 발굽 소리는 조금도 들리지 않았다.

한 마디로 적막하다.

농락당했다는 사실에 허씨의 표정이 일그러졌다.

"이, 이런 후레자식이 허튼소리 안 한다며……!"

푹!

허씨는 채 말을 잊지 못했다. 허벅지를 뚫고 나온 녹림도의 화살 때문이었다.

"으아악!"

데굴데굴 구르는 허씨를 향해 독고월이 혀를 찼다.

"쯧! 아까 네 입으로도 그러지 않았느냐? 나랏법을 피해 숨어 들은 화전민에 관심을 둘 관리는 없다고."

"너, 너……!"

허씨가 손가락으로 독고월을 가리키며 죽일 듯이 노려봤다.

독고월이 그 원망 어린 시선을 막수 쪽으로 향하게 했다.

"어디 한번 빌어봐라. 혹시 아느냐? 네놈을 살려줄지."

그제야 제 살길이 어딘지 알아챈 허씨가 엉금엉금 기어 갔다. 허벅지를 뚫고 나온 화살촉이야 뽑으면 그만이었다. 그들이 단숨에 죽이지 않은 것도 자신이 아직 쓸모 있기 때문이라 여겼다.

"제, 제발 살려주십시오! 어흐흑! 막돼먹은 소인이 간악한 놈의 흉계에 빠져……!"

"한 마디만 더하면 골통을 바숴주지."

막수가 씹어뱉듯이 말하며 말에서 훌쩍 뛰어내렸다.

녹림도의 눈빛에 조롱기가 어렸다.

허씨가 서둘러 부복했다. 고개를 조아리면서 벌벌 떨었다.

막수가 손을 뻗어 허씨의 머리채를 휘어잡았다.

눈물 콧물로 범벅된 허씨의 눈동자에 공포가 서렸다.

"어차피 망꾼에 불과한 네놈을 살려둔 것도 그년의 스승이란 놈이 올지도 몰라서였지."

"소, 소인 덕분에 초 의원을 제압할 수 있었음을 잊지 마십시오!"

"그래, 안다. 네가 데리고 도망치던 의동들을 다시 끌고 와서 그 씹어먹어도 시원찮을 년을 제압할 수 있었지."

막수가 네 공로를 안다는 듯이 고개를 끄덕여줬다.

"막 호걸님……!"

허씨의 눈동자에 살 수 있다는 희망이 서렸지만, 곧 눈깔을 까뒤집었다.

푸욱!

막수의 철조가 얼굴을 뚫고 들어왔다.

허씨의 사지가 푸르르 떨렸다.

"끄으으윽!"

"근데 말이야. 조금 전에도 말했잖아. 한마디라도 더 하
면 골통을 바숴준다고. 말귀를 못 알아들으면 그만 저승
가야지, 허씨. 살아서 뭣해?"

허씨는 대답할 수 없었다. 사지만 떨어댔다.

파악!

철조를 과격하게 빼내자 허연 뇌수와 피가 사방으로 튀
었다.

독고월이 피식 웃었다.

사실 그가 화전민촌에 올라와서 본 장면 중에서 시선을
끄는 게 있었다.

허씨가 의동들을 끌고 와 화살을 겨누고 있는 장면이
었다.

의동들을 살리려던 초난희의 노력이 물거품으로 돌아간
것이다.

"죽일 가치도 없는 놈이지."

독고월의 중얼거림을 들은 막수가 혹시나 하는 마음에
물어왔다.

"혹 우 대인이 보냈나?"

"아니."

"관리는 아니시다?"

"네 눈깔엔 내가 관리로 보이느냐?"

"범 무서운 줄 모르는 하룻강아지로 보인다."

막수의 이어진 말투가 자연히 걸걸해졌다.

"…그럼 그년의 기둥서방이라도 돼?"

"내가 미쳤느냐?"

독고월의 짜증 어린 대답에 막수의 미간에 고랑이 패였다.

"그럼 뭔데 여기서 얼쩡거려! 협객이라도 돼? 정말 이 화전민촌의 억울한 죽음이라도 풀어주기 위해 온 협의지사야? 그 유명한 남궁일 대협 나으리처럼?"

"……."

순간 독고월의 표정이 굳었다. 협자 들어가는 걸 제일 싫어하는 독고월이다.

녹림도들은 여전히 킬킬거렸다.

막수가 코웃음쳤다.

"대답 못하는 걸 보니, 협객질 좀 하러 온 대단한 협객님이 맞나 보네!"

녹림도들의 왁자지껄한 웃음이 터져 나왔지만, 느닷없는 독고월의 말에 뚝 멈췄다.

"협객질은 무슨, 그냥 과객질이나 하러 왔다. 이 머저리
들아."

그 비아냥거림에 막수가 인상을 그었다.

"지금 뭐라고 했느……!"

휙!

말을 멈춘 막수가 손으로 얼굴을 가렸다. 독고월이 던진
전낭에 하마터면 얼굴을 얻어맞을 뻔했다.

그걸 받아들고 화를 내려던 막수의 얼굴에 화색이 돌았
다. 전낭인걸 눈치챈 것이다. 양 입꼬리가 귀밑까지 걸렸
는데, 놈의 목소리에 도로 내려왔다.

"보다시피 노자가 없어서 말이야. 돈도 없으니 하룻밤
묵어가자. 밥도 좀 얻어먹고."

휘익.

자신의 도까지 던져준 놈의 말치고는 너무 시건방졌다.

2

의견이 분분했었다.

당장 저 건방진 애송이를 잡아 죽이자는 무식한 놈도 있
었고, 얼굴이 반반하니 맛 좀 보고 남색가한테 팔아넘기자
는 죽일 놈도 있었고, 돈 많아 보이니 놈의 부모에게 연통해

등골을 빨아먹자는 후레자식도 있었다.

수하들이 내는 각양각색의 의견에 막수는 고심에 빠졌다.

쉽사리 결정을 못 내리고 있었다.

팔짱을 끼고 있던 독고월이 끼어들었다. 개중 가장 나은 의견을 택해줬다.

"나 돈 많다. 데려가면 섭섭지 않을 거다."

"……!"

막수를 비롯한 수하들의 면면이 활짝 폈다. 많은 돈을 뜯어낼 기회여서다.

그 공로로 인정도 받고, 뒷돈도 생기고.

막수와 수하들이 서로 돌아봤다. 잠시 헛기침을 한 그들이 독고월을 향해 겨눴던 병장기를 거뒀다. 대신 밧줄로 꽁꽁 싸매기 시작했다.

질끈.

재갈까지 물렸음에도 독고월은 반항하지 않았다.

수하들이 전표를 나누자며 성화를 부렸지만, 막수는 일언지하에 거절했다.

"나중에."

불만을 품은 수하 중에 가자미눈을 뜬 놈도 있었다. 불만이 사그라지지 않자 막수가 덧붙였다.

"너희의 주둥아리가 얼마나 무거운지 봐야겠다."

222

탐탁지 않아 하는 기색들이 역력했으나, 이해했는지 수
그러들었다.

막수에게 돈 달라고 강짜를 부릴 간 큰놈은 없었다.

"출발."

독고월과 놈들의 기묘한 동행이 시작됐다.

이각이 지났을까.

산 중 깊숙이 숨겨진 고산채가 모습을 드러냈다. 화전민
촌과 그리 멀지 않은 곳이었다.

그런데도 몰랐다니 화전민촌을 감쌌던 운무 때문일까?

독고월의 눈빛이 가라앉았다.

목책 위에서 경계를 서던 놈들이 타종에 올렸던 손을 슬
그머니 내렸다. 동료의 얼굴을 알아본 것이다.

두두두.

제법 무거워 보이는 목책의 문이 열렸다.

너른 공터에 옹기종기 모인 모옥들이 보였다.

그 중 독고월의 시선을 잡아끄는 게 있었다.

웅성웅성.

모옥들에서 여인들이 하나둘 모습을 드러냈다. 마른데
다 음울한 눈동자를 한 화전민촌의 여인들이었다. 이곳
에 끌려와서 모진 고초를 겪었는지 배가 부른 여인들도
있었고, 얼굴이 분간 안갈 정도로 구타를 당한 여인도 보
였다.

표정에 하나같이 생기가 없었다. 두려움만이 있을 뿐이었다.

독고월의 시선을 따라보던 막수가 누런 이를 드러냈다.

"돈도 안 되는 박색한 계집들이지. 쓸모없는 계집들이지만, 이놈들의 욕정 풀이로는 나쁘지 않다, 흐흐!"

"문턱에 광이 나게 들락날락 거리는 부채주님이 할 말은 아니듯 싶은뎁쇼."

한 수하의 이죽거림에 막수가 얼굴을 붉혔다.

"닥쳐라, 이놈아!"

"예이."

수하는 히죽 웃고는 뒤로 빠졌다.

독고월은 여인들에게서 시선을 뗐다. 그의 표정엔 일말의 동정이나 안타까워하는 기색이 없었다. 그저 무덤덤했다.

앞서 걷던 녹림도가 멈춰 섰다.

채주의 처소 앞이었다.

제법 큰 통나무집 앞에 채주 고웅이 있었다. 호피로 만든 의자에 걸터앉은 그는 정말 곰처럼 우락부락하게 생겼었다. 막수도 한 인상 하는데, 숫제 상대가 안 될 정도였다.

먹어주는 인상으로 채주 정한 게 아닐까 싶었다.

"나갔던 일 보고하겠소이다."

"해."

고웅의 허락에 막수가 일갈했다.

"보고!"

"보고."

"오십 명 중 뒈지거나 까진 놈 없음."

"그 철조에 묻은 피는?"

"아, 망꾼으로 쓰던 쥐새끼의 피요."

"어차피 뒈질 놈이었지."

고웅이 고개를 끄덕이다가, 자신을 바라보는 반반한 놈에 미간을 좁혔다.

"뭐냐, 저 기생오라비는?"

"화전민촌에서 얼쩡거리던 것을 잡아왔소이다. 초난희의 기둥서방이 아닐까 해서."

"그럼 팔다리 힘줄 잘라놔서 가둬둘 것이지 왜 이곳에 데려와?"

"아, 그게……!"

막수가 막 설명하려고 했지만, 투둑! 밧줄이 끊어지는 소리에 가로막혔다.

투욱.

독고월을 묶고 있던 밧줄이 바닥에 떨어졌다. 물고 있던 재갈마저 풀어내고 있었다. 독고월이 기지개를 켜며 말했다.

"머저리들 낯짝 좀 보려고 왔지."

"뭣이!"

녹림도들이 하나같이 분개했지만, 귀신같이 밧줄을 풀어내는 솜씨와 가진 여유에 섣불리 덤벼들지 않았다.

고웅이 인상을 찌푸렸다.

"저 세 치도 안 되는 혀를 안 뽑았네? 막수야, 이 의형한테 혀 뽑히고 싶으냐?"

막수의 얼굴이 살짝 벌게졌다.

"우제가 미처 신경을 못 썼소이다. 하지만 그보다 말할게 있......!"

"됐고, 하나만 묻자."

이번에도 독고월이 끼어들었다.

막수가 당장에라도 달려들어 쥐어패려고 했지만, 들린 고웅의 손에 의해 멈췄다.

"일단 들어보고 혀를 뽑지. 내 우제의 혀와 함께."

고웅은 한 번 한다면 하는 성격이다.

막수가 서둘러 변명을 하려고 했으나, 독고월이 기회를 안 줬다.

"어째서 화전민촌을 몰살한 것이냐?"

"......"

너무 의외의 말이었을까?

고웅을 비롯한 녹림도들은 침묵했다.

"야 이 개놈아, 너 협객질 하러 온 거 아니라며!"

막수가 버럭 소리쳤다.

"아니지."

독고월은 막수는 쳐다도 보지 않고 대꾸했다. 고웅의 입만 주시하고 있었다. 화전민촌 혈사에 다른 내막은 없는지 알아보기 위해 예까지 온 그다.

고웅이 몸을 일으켰다. 귀찮다는 듯이 손을 휘젓고는 몸을 돌렸다.

독고월의 눈빛이 달라졌다. 고웅의 뒤춤에 어울리지 않는 물건 때문이었다.

제 처소로 들어가는 와중에 고웅이 외쳤다.

"쓸모가 없으면 뒈져야지."

모호한 대답이나, 당장 놈을 죽이라는 명이기도 했다.

막수가 앞으로 나서서 놈의 쓸모에 대해 말할까 했지만, 이미 결정을 내린 채주의 명에 토를 달았다가 혀가 뽑힐지도 몰랐다. 나갔던 수하들과 눈빛 교환을 했다.

수하들도 고개를 끄덕이고 있었다.

막 통나무집에 들어가려던 고웅이 멈칫했다. 도저히 들어넘길 수 없는 놈의 말 때문이었다.

"이유는 복잡하지 않아서 맘에 드네. 그럼 네놈도 뒈지겠는데?"

"지금, 뭐라고 했냐?"

그렇지 않아도 살벌한 고웅의 얼굴이다. 양미간을 좁히
자 더욱 살벌해 보였다.

녹림도들이 일제히 분노를 터트렸다.

"개 같은 새끼가 죽으려고 용쓰지."

"뚫린 입이라고 말 함부로 하네?"

"어디서 할 짓이 없어서 협객질이야!"

흉흉한 그 기세에도 독고월은 심드렁하게 손을 뻗었다.

"막수야, 내 도 가져와라."

숫제 맡겨놓은 사람처럼 말한다.

월광도를 허리춤에 차고 있던 막수의 두 눈에 불똥이 튀
었다.

"이런 육시랄 것이, 감히 이 막수님을 동네 개 부르듯이
불러 젖혀?"

"됐고, 내 물건들 찾아 돌아가야겠다."

"물건들?"

고웅이 되물었다. 퉁방울만 한 눈동자에 의아함이 서리
기 시작했다.

막수를 비롯한 나갔던 녹림도들은 뭔 소린지 몰랐다.

고웅이 고개를 갸웃거렸다.

"네놈을 처음 보는데, 네놈 물건을 이 산채에서 찾는다
고?"

독고월이 막수를 향해 손가락질했다.

228

"막수가 내 전낭을 뺏어가서 말이야. 자그마치 이백구십육 냥이 들은 전낭이지."

"뭐라?"

고웅이 막수를 쳐다봤다. 막수의 안색이 사색이 되었다. 이어진 독고월의 말 때문이었다.

"막수가 수하들하고 너 몰래 꿀꺽한다고, 말까지 맞췄더라."

독고월의 일러바침에 막수의 이가 딱딱 맞부딪쳤다.

3

"허허."

고웅이 헛웃음을 쳤다. 액수도 액수지만, 믿었던 막수에게 뒤통수를 맞은 상황이어서다.

강호의 막장들만 모인 녹림도라지만, 같은 동도끼리 지켜야 할 도리가 있었다.

도적질해서 나온 이문에 대한 칼 같은 분배.

도리이자 지켜야 할 불문율인데, 막수와 수하들이 그걸 어겼다.

고웅의 이마에 고랑이 패였다. 뻗친 성질이 얼굴에 드러났다.

막수가 서둘러 전낭을 꺼내 들었다. 그리곤 고웅에게 던졌다.

"까, 깜빡 잊었소이다!"

덥석.

전낭을 받아든 고웅의 눈초리는 여전히 서늘했다.

막수는 정말이라는 듯이 애절하게 쳐다봤다.

고웅이 씹어뱉듯이 말했다.

"만약 저놈이 말한 금액에서 한 냥이라도 비면 알지?"

즉, 이미 나눴다면 죽은 목숨이라는 거다.

막수가 쾌재를 불렀다.

"이를 데가 있겠소, 형님!"

막수와 함께 나갔던 수하들은 가슴을 쓸어내렸다. 부채주의 말을 듣길 잘했다고 서로 눈빛 교환했다.

하마터면 흉흉한 기세로 노려보는 동료에게 죽을 뻔했다.

고웅에게 전낭을 받아든 녹림도가 전표를 꺼내 셌다.

잠시 뒤.

전낭 안의 전표를 모두 확인한 녹림도가 공손히 바쳤다.

"맞습니다."

"내 말이 맞지요? 형님, 어찌 이 우제가 속이겠소!"

막수가 제 가슴을 탕탕 쳤다.

"흠."

고웅이 불편한 심경을 내비치며 전낭을 받아들었다. 그리곤 독고월을 향해 사납게 웃었다.

"놈, 잔머리를 굴려 우릴 상잔시킬 작정이었느냐?"

"생긴 것처럼 머저리면 섭섭하지."

독고월이 천연덕스레 말하고는 자신을 둘러싼 녹림도들을 훑어봤다.

하나같이 화전민촌의 참사에서 본 얼굴들이었다.

유일하게 채주만 빼고.

독고월이 그 채주 고웅을 향해 물었다.

"근데 말이다. 너희 화전민촌 사람들 죽이면서 양심의 가책 같은 건 없었느냐? 면식도 있고, 왕래도 있었던 것 같은데."

"뭔 개 풀 뜯어 먹는 소리여?"

막수가 헛웃음을 쳤다. 지금껏 들은 개소리 중 단연 최고여서다.

"그리고 우리 같은 녹림호걸들이 보호해줘서 겨우 살아가는 버러지들 좀 죽였다고 왜 양심의 가책을 느껴야 해? 우리 아니었으면 진즉 뒈졌을 연놈들인데."

막수의 이죽거림에 멀지 않은 곳에 있던 여인들의 안색이 파리해졌다. 주저앉아 벌벌 떨어대는 여인들에 녹림도 중 하나가 다가가 머리채를 잡아챘다.

"아아악!"

"이 용맹한 녹림 어르신들이 친히 거둬줬으니 오히려 감사해야지."

흉흉한 웃음을 입가에 매단 녹림도가 박도를 들어 여인의 목에 대었다. 여유로운 독고월의 태도가 마음에 안 들어서 본보기를 보이려는 것이다.

휘익!

어디선가 날아온 돌멩이가 놈의 무릎을 딱! 소리 나게 때렸다.

철푸덕.

엎어진 녹림도가 떼굴떼굴 굴렀다.

"으아아악!"

"용맹한 녹림 어르신이 엄살은⋯⋯."

가볍게 돌 던진 손을 턴 독고월이 막수를 쳐다봤다.

"초난희가 너희에게도 의술을 베푼 걸로 아는데… 왜 그랬나?"

"이 새끼 협객질 하러 온 거 맞네! 정말 그년의 기둥서방이라도 돼?"

막수가 월광도를 빼들고 외쳤다.

독고월은 쯧쯧! 혀를 찼다.

"협객질 하러 온 것도 아니고, 기둥서방도 아니라고 아까 말했잖아."

막수가 코웃음 쳤다.

"아니긴, 뭐가 아니야? 척 보면 척이지. 한데 어쩌지? 그년 오입질이 제법이었는데! 이 어르신 밑에 깔려 어찌나 좋아죽던지……!"

짜악!

턱주가리를 얻어맞은 막수는 어안이 벙벙한 얼굴을 했다.

독고월이 때린 손바닥을 보며 미간을 찌푸렸다. 그리곤 제 옷에 문질렀다. 마치 더러운 게 묻었다는 듯이.

"껄떡대다가 팔이나 잘린 주제에 주둥아리만 살아서 나도 모르게 손댔다."

"크큭."

녹림도 중 하나가 바람 빠진 소리를 냈다. 녹림도들 사이에서도 두고두고 회자 된 이야기여서다. 아마 자신들이 아니었다면 막수는 목까지 내줬을 거다.

도발하려고 거짓부렁을 해댔는데, 놈이 알고 있을 줄이야.

막수가 수하들을 향해 눈알을 부라렸다.

수하들은 자신이 아니라는 듯 어깨를 으쓱거렸다.

막수는 붉으락푸르락해진 얼굴로 월광도를 치켜들었다.

"넌 죽었…!…"

"아서라, 휘두르기 전에 뒈진다."

경고를 남긴 독고월이 주위를 쭉 훑어봤다.

막수는 천재일우의 기회라고 여기고 월광도를 내리그으려는데, 몸이 거부했다. 어떻게 된 것이 팔마저 벌벌 떨렸다.

일종의 본능이었다.

이걸 지금 내리치면 죽을 것만 같았다.

막수의 눈빛이 잘게 흔들렸다.

독고월이 재차 입을 뗐다.

"너희 말이다. 혹 이 중에 화전민촌 사람들의 봉분 만들어준 이는 있느냐?"

"이런 씹어먹을 놈이, 우리가 미쳤냐! 그딴 미친 짓을 하게!"

녹림도들 중 하나가 버럭 외치자 녹림도 백여 명이 일제히 살기를 내비치기 시작했다.

흉흉한 기세가 공터를 그득 메웠다.

"그 죽은 늙은이의 말이 사실이었나?"

독고월은 고소를 지었다. 그럴 놈으로 보이지 않았는데 말이다.

눈물 젖은 눈으로 상황을 지켜보던 여인들의 안색이 더욱 창백해졌다. 대부분 모옥 안으로 엉금엉금 기어들어갔다. 망가질 대로 망가진 정신으로도 알고 있었다. 일촉즉발의 순간이라는 걸.

질긴 천잠사로 짠 그물들이 십수 개 준비되었다.

아무리 난다긴다하는 강호의 고수라도, 천잠사의 그물을 던져 뒤덮어 찍어 누르는 그들의 전술을 당해내지 못했다. 그것도 혼자라면 말할 것도 없었다.

고웅이 흉측하게 웃었다. 잔혹한 손속을 쓰기 전에 나오는 일종의 버릇이었다.

"어이 협객, 무림맹에서 나왔나?"

"협객 아니라니까. 말귀가 어둡네. 막수야, 말귀가 어두우면 뭐랬지? 아까 네가 죽인 늙은이한테 말했던 거 말이야."

"……!"

독고월이 묻자 넋을 놓고 있던 막수가 화들짝 놀랐다.

"저, 저승 가야……!"

저도 모르게 답했다가 고웅과 수하들의 눈총에 입을 다물었다. 오늘 여러모로 체면을 구기는 막수였다. 당장에라도 손에 든 도로 내리치고 싶은 마음은 굴뚝 같은데, 그러질 못했다. 비리비리한 놈의 분위기 때문이었다.

고양이 앞에 놓인 쥐새끼가 된 기분이다.

독고월이 고웅을 바라봤다.

"누군가 그러더군. 협객의 마음에는 눈물이 있다고, 돈 없고 힘이 없어 고통스러워하는 이들의 눈물을 닦아주기 위해 천 리 길도 마다치 않고 달려간다지. 그들이 입은 쓰라린 상처를 보듬어주기 위해서."

남궁일이 그러했다.

도움을 바라는 사람이 있다면 열일 제쳐놓고 달려갔다. 등신 같은 놈이 아닐 수가 없었다.

"세상에 그런 등신들이 간간이 있지. 그래서, 뭐? 너도 그중 하나라고?"

고웅은 말하면서 수하에게 눈짓을 줬다.

외곽 쪽에 있던 수하 중 몇몇이 대열에서 이탈했다.

독고월은 팔짱을 꼈다.

"근데 난 아니야. 난 공감할 마음은 물론, 눈물 따윈 없지. 너희가 모옥에 있는 여인들을 끌고 와서 협잡을 한다고 해도 아무렇지 않을 정도랄까."

"……!"

눈짓을 줬던 고웅과 막 여인들을 끌고 나오던 녹림도들이 움찔했다.

아까 여인의 목을 치려다가 흙바닥을 굴렀던 놈이 반박했다.

"그, 그럼 내 무릎은 왜 박살 낸 건데! 이, 일어설 수가 없다고!"

"넌 그냥… 얼굴이 마음에 안 들어서라고 해두지."

굉장한 모순적인 이야기에 놈이 어안이 벙벙한 얼굴을 했다.

독고월이 주위를 둘러봤다.

"난 인의무적이란 허명에 젖어 똥오줌 분간 못 하던 남궁일 같은 도적놈과는 근본적으로 다르다."

거짓말이 분명했다.

"글쎄, 네 앞에서 하나씩 목을 따보면 알겠지. 네가 그런 등신인지 아닌지는!"

고웅이 송곳니를 드러내고는 품속에 전낭을 집어넣었다.

그걸 본 독고월의 눈빛이 가늘어졌다.

"이제 궁금한 것도 알았으니, 내 전낭과 도를 내놓으면 이대로 돌아가 주마. 아까도 말했듯이 난 협객이 아니니까."

"섭섭하게 돌아가긴 어딜 돌아가? 배 두둑이 대접받고 가셔야지."

수하들을 향해 손을 들어 올리며 고웅이 이죽거렸다. 놈은 아니라곤 하지만, 협객질이나 하러 온 놈에게 대접을 소홀히 할 순 없는 법이다.

녹림도들이 흉소를 흘리며 병장기를 겨눴다.

독고월이 되물었다.

"그러니깐 못 주겠다?"

한 녹림도가 비웃었다.

"왜 안 주면 울며 떼쓰기라도 하게? 아니면 엄마한테 이르러 가거나. 엄마, 나 돈 뺏겼어요! 그러면서."

"크하하!"

껄껄 웃음을 터트렸다.

독고월이 다시 한 번 되물었다.

"정말 안 줘?"

"그래, 인마! 못 주겠다면 기생오라비 같은 네깟놈이 어쩔 건데? 어쩔 거냐고!"

조롱하던 놈이 활에 시위를 매기고는 쐈다.

피잉!

화살이 시위를 떠났다.

독고월의 얼굴을 향해 순식간에 들이닥친 화살.

그 화살을 보며 독고월이 냉소를 흘렸다.

"그럼 깡그리 뒈져야지."

4

바라마지 않던 실전이었다. 수련 삼아 몸을 푸는데도 딱이다. 무공을 써보고 싶어 근질근질하던 차에 잘됐다.

휙!

막수는 순식간에 꺼진 독고월의 신형에 기함할 새도 없었다.

푸욱.

"크악!"

238

날아온 화살에 엉뚱한 놈이 맞은 것도 모자라.

빠악!

옆에서 들려온 둔탁한 타격음에 고개가 절로 돌아가
서다.

"어억!"

수하 중 한 놈이 얼굴을 부여잡고 그대로 허물어지고 있
었다.

평범하기 짝이 없는 권각술에 당하다니.

제가 때리고도 자신의 손을 쳐다보는 독고월의 모습은
정말이지 어설퍼 보였다.

고웅이 이를 갈았다.

지켜볼 것도 없었다.

"쳐라!"

고웅의 일갈에 녹림도들이 천잠사로 짠 그물을 일제히
흩뿌렸다.

하지만 독고월은 쥐새끼처럼 요리조리 빠져나갔다. 그
것도 모자라 녹림도들 사이로 파고들었다.

난전을 유도하는 것이다.

갑자기 제 옆에 나타난 독고월에 녹림도의 얼굴이 와락
일그러졌다.

우지끈!

단 일권에 갈비뼈가 수수깡처럼 부러져나갔다.

"흐어어어."

뼈가 폐라도 찔렀는지 숨쉬기조차 곤란했다.

그가 피 거품을 게워내는 걸 신호로 독고월의 눈빛이 번뜩였다.

퍼억!

독고월 옆에 서 있던 놈의 턱이 하늘로 솟구쳤다. 턱은 그 한 방에 걸레짝이 되어 비명을 내지르지도 못했다.

"잡아아앗!"

"다리를 붙들고 늘어지란 말이야!"

동에 번쩍 서에 번쩍.

신출귀몰이란 말이 딱 어울렸다. 점점 익숙해지는지 움직임이 달라지기 시작한 것이다.

흐릿한 놈의 모습이 눈앞으로 다가오자, 온 힘을 다해 대부를 휘둘렀다.

"잡았……!"

휘익, 퍽!

동료가 휘두른 대부에 어깨의 반이 갈린 녹림도가 울부짖었다.

"끄아아! 이, 이게 뭐야!"

"제기랄! 그, 그러니깐 왜 내 앞에서 얼쩡거려!"

한차례 욕설을 내뱉은 놈이 울부짖은 동료를 걷어차 대부를 뽑아들려 했지만.

딱, 딱!

걷어찰 두 다리는 이미 수수깡처럼 부러져 있었다.

어느새 독고월의 족도가 정강이뼈를 부러트린 것이다.

"크아……!"

막 비명을 지르려고 했지만, 독고월의 발길질에 명치를 걷어 채인 채 날아갔다.

녹림도 중 하나가 얼떨결에 동료를 받아냈지만, 가슴뼈가 움푹 들어간 것이 이미 절명한 뒤였다.

동료를 땅에 버린 놈이 분개했다.

"죽어어엇!"

신형을 날려 독고월을 향해 박도를 내리그었다.

파악!

단숨에 땅이 파일 정도로 용력이 대단했지만, 한 걸음 물러서서 피한 독고월의 싸늘한 시선에 간담이 철렁 내려앉았다.

"이익!"

박도를 뽑아들려 했지만, 독고월에게 멱살을 잡혀 끌려갔다.

"이거 놓지……!"

놈이 성질을 부리려다 말을 멈췄다. 동료의 눈먼 검이 코앞으로 다가와서다.

푹!

뜨끔한 통증과 함께 뒤통수가 뚫리는 느낌.

더 이상의 사고를 할 수가 없었다. 반사적으로 신음만 나올 뿐이었다.

"끄으, 끄으윽!"

"헉!"

독고월의 등을 찌르려다가, 동료를 꿰뚫은 녹림도가 당황했다.

"잘 보고 찔러야지. 이렇게."

느긋한 놈의 목소리와 함께 검지와 중지가 눈앞으로 짓쳐 들었다.

푹푹!

"끄아아, 내누우우운!"

독고월의 손가락에 눈알이 꿰뚫린 녹림도가 몸부림쳤다. 그러면서 검을 사방팔방으로 휘둘렀다.

"으헉, 조심해!"

말 그대로 눈먼 검이었다.

"거치적거린다. 치워!"

피융!

어디선가 날아온 화살이 눈먼 녹림도의 목을 꿰뚫었다. 동료의 목숨 따윈 조금도 돌보지 않는 그들다웠다. 독고월을 죽이기 위해 혈안이 되어 있었다.

"밧줄을 던져라!"

휙휙휙!

누군가 외치자 사방에서 밧줄이 날아왔다.

독고월을 중심으로 원형으로 둘러싼 그들이었기에 날아
온 밧줄을 서로 낚아챘다.

쭉— 쭉—

신형을 낮춘 놈들이 밧줄을 팽팽히 잡아당겼다. 서로 버
팀목으로 빠른 속도로 원을 그리기 시작했다. 독고월을 밧
줄로 칭칭 감으려는 것이다. 물론 가만히 서서 당할 놈은
없었다.

독고월을 위로 뛰어오르게 하려는 속셈이다.

쿠웅!

마침 독고월도 발을 굴러 위로 신형을 띄웠다.

촤아아악!

기다렸다는 듯이 천잠사로 엮은 그물들이 날아왔다.

독고월을 뛰어오르게 할 밧줄들이었다면, 이 그물들은
독고월을 감싸 경공술을 아예 봉쇄시킬 것이었다.

이 방법으로 재미 좀 본 녹림도들이 흉측하게 웃었다.

"창을 준비해!"

마침 위로 떠올랐던 신형을 그물들이 덮쳤다. 휘적거리
던 신형이 곧 떨어져 내렸다.

터엉!

땅에 떨어지는 동시에 사방에서 창이 달려들었다.

푹푹푹푹!

육체를 꿰뚫는 감촉에 창을 내지른 녹림도가 외쳤다.

"잡았다!"

"누군데?"

"누구긴 아까 그 새끼잖아. 이 새끼가 눈깔을 어디다……!".

막 대답해 주려던 녹림도의 고개가 물어온 놈에게로 향했다.

그물 안에서 창 꼬챙이가 되었을 독고월이 씨익 웃고 있었다.

"어, 어떻게?"

"끄으으으!"

그물 안에서 창에 꿰뚫린 놈이 내는 앓는 소리가 익숙하다. 게다가 밧줄까지 들고 있는 것이 그들의 동료임을 말해줬다.

눈 깜짝할 새에 바꿔치기 당한 것이다. 당연히 밧줄을 잡아당긴 독고월에 의해서.

"주, 죽어엇!"

휘익!

막 옆에 있던 녹림도가 창으로 독고월을 찔러왔다.

푹!

하지만 이미 독고월의 신형은 자리에 없었다.

믿을 수 없다는 눈으로 꿰뚫린 제 가슴을 바라보는 동료만이 있을 뿐이었다.

"자, 잘 보고 찔러. 이 개새끼야… 어흑!"

"미, 미안."

저도 모르게 사과한 녹림도가 창을 뽑았다.

"뽀, 뽑으면 안……!"

푸화아악!

꿰뚫린 가슴에서 피가 분수가 되어 터졌다. 그대로 눈을 까뒤집은 놈은 모로 쓰러졌다. 살아날 가능성은 없었다.

동료의 피로 목욕을 한 녹림도가 주위를 두리번거렸을 때.

으아아아.

사방에서 비명이 난무했다.

독고월이 휘젓고 다닌 덕분이었다.

숫제 양 떼에 뛰어든 늑대 아니, 호랑이였다.

빠드득.

고옹이 이를 갈았다.

"궁수우우!"

피를 토하는 외침에 목책 위에 있던 조악한 활을 든 궁수들이 시위를 메겼다.

숫자는 대략 서른.

"아, 안 돼! 쏘지 마!"

독고월을 둘러싸고 있던 녹림도들이 손을 휘저었다.

하지만.

피피피피피피융!

서른 발의 화살이 이미 독고월을 향해 쏟아졌다. 일단 맞기만 하라는 거다.

화살을 본 독고월이 진득한 미소를 지었다.

휘익.

그가 사라진 자리에 막 병장기를 휘두른 녹림도들.

한 눈 판 사이에 가한 공격인데 독고월은 또 피했다.

애꿎은 땅만 파였다. 그들은 눈만 멀뚱멀뚱 뜬 채 서로 바라봤다.

눈동자가 점점 공포로 물들었다.

피아를 가리지 않는 눈먼 화살이 한차례의 소낙비처럼 들이닥친 순간!

녹림도들이 울부짖었다.

"쏘지 말라니까—!"

"끄아아악!"

"으아아!"

가슴에 얻어맞고 뻗은 놈, 운 좋게 팔과 다리를 맞는데 그친 놈, 정수리에 화살이 관통당한 채 즉사한 놈 등등.

화살 세례에 고슴도치가 된 동료를 본 녹림도가 외쳤다.

"쏘지 마, 이 개새끼들아!"

"쏴라!"

추상같은 명이 또 떨어졌다.

잔뜩 시위를 메기고 있던 궁수들이 엉겁결에 손을 놓았다.

피비비비비융!

화살 비가 들이닥쳤다.

"으아아, 피해!"

"이런 육시랄 놈들!"

이번엔 대비도 했고, 조준점이 흩어진 상태라 아까보다 사상자가 덜 나왔다.

하지만.

단 두 번의 활 공격으로 반의 반수가 스러졌다.

"이 멍청이들아, 내가 아니다!"

고웅의 성난 외침에 경황이 없던 궁수들이 옆을 돌아봤다.

어느새 목책 위로 올라온 독고월이 칭찬해줬다.

"잘했다."

"뭐, 뭐라……!"

뻐억!

독고월의 주먹이 궁수의 머리를 쳐 호쾌하게 한 바퀴 돌렸다.

우지끈!

목책 위에 떨어진 궁수는 단 한방에 목이 부러졌는지

미동도 없었다.

"으, 으아아!"

"사, 살려주십시오!"

퍼퍼퍼퍼퍽!

독고월에 의해 펼쳐진 폭풍과 같은 권각술엔 자비가 없었다.

궁수들이 모조리 떨어져 나갔다.

제법 높은 위치에서 안쪽으로 떨어진 궁수들은 한 차례 떨더니 잠잠해졌다.

독고월이 휘두른 권각술은 그냥 권각술이 아니었다.

내가중수법.

초절정 무인의 내공이 담긴 일격에 놈들의 내부는 이미 엉망이 된 것이다.

퍼어엉!

단 일수에 목책 위에 있던 마지막 궁수가 패대기쳐졌다.

"크어억!"

궁수는 입으로 피 분수를 내뿜으며 땅에 퍽— 소리 나게 처박혔다. 한차례 등을 활처럼 휘더니 역시 잠잠해졌다.

탁탁.

독고월이 가볍게 양손을 털어내더니 목책의 문쪽으로 향했다. 문을 여는 장치를 쥐었다.

"아, 안 돼!"

뚜욱!

누군가의 외침이 무색하게 장치의 손잡이가 부러졌다. 이제 문을 열려면 장정 넷이 달려들어 용을 써야 했다.

전투 중에, 그것도 독고월이 가로막고 있는데 그럴 여유가 있을까?

도망갈 길목을 차단당한 것이다.

독고월이 녹림도들을 둘러보며 말했다.

"혹시 몰라서 하는 말인데."

"……."

녹림도들이 든 병장기가 잘게 떨렸다.

막수는 침을 꿀꺽 삼켰다.

고웅은 피가 나도록 주먹을 움켜쥐었다.

땅에 널브러진 활을 주운 독고월이 말했다.

"우리 사이에 항복 같은 거 없다."

주우욱!

독고월은 활에 시위를 메기더니 손을 뗐다.

시위의 장력을 잔뜩 머금은 화살이 빛살처럼 쏘아졌다.

피융!

쏜 살이 막 뒷걸음질치던 녹림도의 목을 꿰뚫었다.

"크어억!"

독고월이 활을 버리며 중얼거렸다.

"이런! 다리에 맞았어야 했는데, 운 나쁘게도 한 방에 보내버렸네. 역시 활쏘기는 쉽지 않군."

너무 고통 없이 죽여버렸다는 소리다.

뒤로 자빠져도 코가 깨질 독고월다웠다. 이제 몸도 풀렸겠다. 내가기공을 실전에도 써봤겠다. 독고월이 눈을 매섭게 떴다.

그 차가운 시선 끝에 고웅이 있었다.

"화전민촌을 몰살시킨 이유가 쓸모없어서라고 했지?"

"……."

고웅은 툭 불거진 눈으로 독고월을 죽일 듯이 노려보고 있었다.

독고월은 아직 상황파악 못 하는 녹림도들을 향해 말했다.

"여기에 있는 네놈들은 세상에 쓸모가 있더냐?"

휘이이잉.

때마침 서늘한 바람이 불었다.

괴괴한 침묵이 내려앉았다.

녹림도들 중 누구도 자신이 쓸모 있다고 말할 이는 없었다. 오히려 살기를 고양시켰다. 아직 숫자는 반이나 남았다.

독고월이 보였던 실력은 날래고 힘이 쎈 정도에 불과했다.

어딘가 어설픈 구석마저 있었다. 덮어놓고 달려들어 제

압하면 끝이다.

이 방법으로 철모르고 날뛰던 애송이 좀 잡지 않았나.

그들의 눈에 독고월은 그 애송이보다 제법 실력 좀 있는 정도에 불과해 보였다.

분기탱천한 고웅이 일갈했다.

"죽여어어—!"

우와아아.

기다렸다는 듯이 일제히 달려드는 녹림도들을 보며 독고월은 피식 웃었다. 그리고 땅에 나뒹구는 박도를 발로 차올렸다.

착.

독고월은 박도를 한 손으로 멋들어지게 낚아챘다.

박도가 사선으로 늘어트려 졌다.

"…있을 리가 없지."

중얼거린 독고월의 눈매가 가늘어졌다.

불나방처럼 달려드는 녹림도들을 향해.

약자들의 억울한 눈물을 알아줄 일 없는 강호를 향해.

육도낙월(六刀落月).

제일도 삭월(朔月)이 마침내 떨어졌다.

第 8 章

第 8 章.

1

독고월에 의해서 강호에 모습을 드러낸 제일도 삭월.

시공을 뛰어넘은 육도낙월의 기세는 과연 명불허전이
었다.

시작부터 무시무시한 기세로 들이닥쳤다.

슈아아아악!

독고월의 손에 들린 박도가 이번엔 하늘이 아닌, 땅을
수놓았다. 제일도 삭월이 만들어낸 도기의 다발이 소낙비
가 되어 떨어졌다.

콰콰콰콰콰콰쾅!

고산 자체를 초토화해버릴 듯이 쉴 새 없이 내려꽂힌 것
이다.

"끄아아아악!"

"아, 안 돼에!"

"피해라, 피해에!"

피를 토하는 퇴각명령은 한참 전에 했어도 늦었다. 이미 독고월의 삭월 범위 안에 든 녹림도들이었다.

토사가 일어나고, 육편이 휘날리고, 피가 흩날렸다.

시체조차 온전히 남길 수 있을까 싶을 정도의 위력.

공터의 땅을 통째로 갈아엎었다.

콰콰콰콰쾅!

삭월이 쉴 새 없이 떨어져 내렸다.

땅이 이럴진대 사람은 어떠할까?

옆에서 같이 진격하던 동료는 머리끝에서 가랑이까지 반으로 쩍— 갈라졌고, 눈물 콧물로 뒤범벅된 어떤 놈은 사라진 하체에 울부짖었다. 목이 달아난 건 그나마 사정이 좋은 편에 속했다.

고통 없는 죽음이었으니까.

"끄아아아! 내 팔, 내 파아알!"

"으으으, 내 다리가 날아갔어, 내 다리가 날아갔다고!"

팔다리가 통째로 사라진 놈들은 살았음에도 환지통과 정신적인 충격에 땅바닥을 굴렀다. 그러다 운 좋으면 날아온 도기에 뒈지는 거고, 운이 나쁜 놈은 실컷 고통스러워하다가 과다출혈에 심장이 멎어 서서히 숨을 거뒀다.

더 운이 나쁜 놈도 있었다.

"이, 이게 뭐야? 으어억!"

어설프게 당해 배가 갈라진 놈이었다. 쏟아져나오려는 제 내장을 막으면서 울부짖고 있었다.

"사, 살려주십… 크아악!"

엎드린 채 부복하던 놈은 그대로 등짝이 쩍— 갈라진 채로 서서히 죽어갔다. 척추가 박살 났는데 움직이기란 요원한 일이었다.

시산혈해를 이룬 공터.

화전민촌의 참사보다 더 참혹했다.

고웅은 물론, 살아남은 막수의 안색이 핼쑥해질 지경이었다.

툭.

독고월은 도병만 남은 박도를 바닥에 버렸다.

어마어마한 독고월의 내공을 견디지 못하고, 도가 박살 났다.

삭월이 채 펼쳐지지 못한 것이다.

그런데도 이 정도의 위력이라니.

하늘에서 진천뢰가 수도 없이 떨어져 내린 것만 같았다.

공터엔 천신이 노한 것처럼 분화구 같은 구덩이가 만들어졌다. 녹림도 백여 명이 모두 들어가고도 남을 구덩이였다.

"아, 아아!"

다행히 삭월의 범위 밖에 있던 여인들은 겁에 질렸다. 개중엔 피바다가 된 공터를 바라보고 졸도하는 여인들도 있었다.

독고월이 잘 조절한 덕에 다친 여인들은 없었다.

그리고 또 한 명도.

"어, 엄마!"

구덩이 속에 막수가 서 있는 곳을 제외하고는 한 폭의 지옥도가 펼쳐져 있었다. 엄청난 신위에 막수는 선 채로 오줌을 지렸다. 얼굴빛은 하얗게 질렸다.

"크윽!"

고웅은 제법 대가 셌는지 주먹을 피가 나게 말아쥐었다. 두려움을 고통으로 이겨보려고 노력하는 중이다.

"네, 네놈은 협객이… 아니, 사람은 맞느냐? 어떻게 이런 대학살을 저지르고도 눈 하나 깜짝하지 않는 것이냐!"

고웅의 어조는 사정없이 흔들렸다.

그가 있는 곳으로 천천히 걸어오고 있는 독고월은 사신 그 자체인데, 공포에 질리고도 독고월을 마주하고 있었다.

독고월의 눈에 이채가 흘렀다.

채주라서 대가 센 게 아니라 이 정도 무위를 경험한 적이 있다는 거다. 그러니 막수와 달리 두려움을 억누를 수 있는 거고.

고웅의 공포에 젖은 눈총에 독고월은 입가에 호선을 그렸다.

"이, 이 천인공노 할 살인귀를 봤나! 이런 패악을 저지르고도 무사……!"

"됐고, 전낭이나 내놔."

"이, 이깟 전낭이 뭐라고? 백여 명이 넘는 목숨을 네 맘대로 빼앗는 것이냐!"

고웅이 품속에 있던 전낭을 땅바닥에 패대기쳤다. 그가 할 수 있는 유일한 반항이었다.

독고월이 어처구니없다는 듯이 되물었다.

"그러는 넌?"

"화, 화전민촌의 참사는 일 년 전에 벌어진 일이라고! 아무리 네놈이 초난희의 기둥서방이라서 그년의 원한을 풀어주기 위해 온 거라 해도 이러면 안 되지! 이미 땅속에서 썩어가는 뒈진 년 때문에 백여 명의 목숨을 앗아가다니! 사, 사람이라면 절대 이러면 안 되는 거라고! 협객이라면 이런 학살을 해선 안 된다고!"

겁에 질리고도 할 말 다하는 고웅이었다. 물론 대부분이 횡설수설이었다. 귀가 썩을 것 같은 개소리에 일일이 대응할 이유는 없었다.

독고월이 사납게 웃었다.

"맞다, 난 협객은 아니지. 하지만 자비는 베풀 수 있다.

빌어봐라."

"……!"

"혹시 알아? 살려는 줄지?"

고웅은 기연미연했다. 저 여유로운 작태에서 살길을 궁리하기 시작한 것이다.

"사, 살려준다는 말 정말이오?"

잔머리를 굴려대는 고웅의 어투도 달라져 있었다.

"돌 굴러가는 소리가 예까지 들리네. 그냥 죽여줄까?"

"아, 아닙니다!"

고웅은 붉어진 얼굴로 손사래를 쳤다.

"방금까지 사람이 이래서 안 된다며 지껄이더니… 지조 없게 왜 이래? 뭐, 좋다! 어디 네가 말한 백여 명 귀~한 목숨 앗아간 전낭으로 살아남아 봐라."

독고월이 팔짱을 낀 채 비웃었다.

고웅의 안색이 시뻘게졌다.

허나 강호에선 힘이 곧 법이고 진리다.

약하면 수그려야 했다.

털썩.

무릎까지 꿇은 고웅이 전낭을 양손으로 받쳐 올렸다. 마치 제 심장이라도 갖다 바치는 모양새다.

"사, 살려주십시오. 대, 대인."

치욕적이긴 하나 아직은 더 살고 싶은 그였다. 빈틈을

노리고 암수라도 가해볼 만도 했지만, 그들과 같은 강자였다. 일수에 핏물이 되는 건 자명한 사실이다.

독고월은 고웅을 지그시 내려보다가 전낭을 받아들었다. 거기다 잘했다는 듯이 뺨까지 두드려줬다.

툭툭.

"가, 감사합니다! 아까 했던 헛소리는 잊어주십시오. 등신 같은 소인이 하늘을 몰라보고 잠시 정신이 나가 주절거렸습니다!"

고웅이 납작 엎드렸다. 꼬리라도 있으면 사정없이 흔들기세였다.

결국은 제 목숨이 세상에서 가장 소중한 거지.

"아, 안 돼."

지켜보던 처녀들의 안색이 흙빛이 됐다.

막수의 안색에도 화색이 돌았다.

고웅이 불안한 눈으로 고개를 쳐들었다. 독고월이 손을 내밀고 있어서다.

"왜, 왜 그러십니까? 피, 필요한 게 있으십니까?"

불안에 떨리는 목소리였다. 고웅은 살아날 수만 있다면 간이고 쓸개고 빼줄 것이다. 자신의 목숨만 빼고.

"뒤춤."

독고월의 의미 불명한 말이었다.

고웅은 잔머리를 필사적으로 굴리다가, 곧 어떤 건지

깨달았다.

이건 어찌 알았을까.

귀신같은 놈이다.

"여, 여기 있습니다. 소인에겐 과분한 물건입지요."

고웅은 만면에 미소를 띤 채, 허리춤에 찔러넣은 비수를 꺼내 들었다. 자신을 무장해제시키려 한다고 여겼다.

비수를 받아든 독고월.

덩치 큰 놈에게 어울리는 물건이 아니었다. 여인의 노리개처럼 보였는데 작은데도 은은한 기품이 서려 있었다.

고웅이 제 처소로 들어가기 위해 몸을 돌렸을 때, 뒤춤에 찔러져 있던 걸 발견할 수 있었다.

곰처럼 무식하게 생긴 머저리에게 어울리는 물건이 아니었다.

비수를 살펴본 독고월은 피식 웃었다. 월(月)이라고 음각된 글자 때문이었다. 착각이겠지만, 손에 착 감기는 느낌이 왠지 모를 반가움마저 느껴졌다.

어느새 옆에 온 막수가 입을 놀려댔다.

"초, 초난희 그 계… 아니, 초 의원님의 물건입니다. 혹시라도 나중에 본 주인이 찾아올지 몰라 숨겨놨는데, 저 욕심 많은 고가가 귀신같이 냄새 맡고 뺏어갔습죠."

막수는 살아남기 위해 연신 머리를 조아렸다. 환심을 사려고 부단히 애를 쓰는 중이다.

"사실 전 화전민촌을 습격하는 걸 극구반대했습니다. 고가 이놈이 시켜서 어쩔 수 없이… 주, 죽을 죄를 지었습니다, 어흐흑!"

"뭐라고? 네가 언제……!"

고옹이 눈을 부라리자 막수는 통곡까지 했다.

"대이이인! 소인이 죽을죄를 지었습니다! 아가씨들, 이 죽일 놈이 천인공노할 짓을 저질렀습니다. 부디 용서를, 용서를 해주십시오. 그럼 개과천선해서 평생 뉘우치며 살겠습니다, 어흐흑!"

막수는 독고월은 물론, 먼발치에서 지켜보던 화전민 처녀들에게까지 굽실대며 눈물을 흩뿌렸다.

쿵쿵.

흙바닥에 이마를 찧는 것이 어떻게든 살아남고자 하는 의지가 돋보였다.

독고월이 심드렁한 얼굴로 손을 뻗었다.

"내 도."

"여, 여기 있습니다! 과연 대인의 풍모에 어울리는 명도가 아닐까 싶습니다. 사실은 욕심 많은 고가한테 바치려고 했던 건데, 닭이나 잡던 놈에게 소 잡는 칼이 어디 가당키나 하겠습니까?"

막수가 얼른 월광도를 떠받들었다. 아부의 말도 덧붙이면서.

독고월이 월광도를 들어 매만졌다.

그 살벌한 모습에 위기감을 느낀 고웅이 막수에게 삿대
질했다.

"듣자 듣자 하니까, 이런 되먹지 못한 새끼를 봤나! 의형
이라며 따라다닐 땐 언제고, 인제 와서 뒤통수를 후려갈
겨?"

눈빛만으로 막수를 능지처참하고도 남았다.

막수도 지지 않고 코웃음을 쳤다.

"입 닥쳐! 의형은 개뿔! 종놈 부리듯이 부려 먹은 주제
에!"

"뭐라……!"

푹!

둘의 언쟁에 독고월이 월광도를 땅에 꽂았다.

고웅과 막수가 화들짝 놀랐다.

독고월이 싸늘한 미소를 지었다.

"내 도를 가져오는 한 놈만."

"네?"

"대인, 그게 무슨 말씀인지?"

둘 다 처음엔 그게 무슨 뜻인지 몰랐다.

독고월의 재촉이 이어졌다.

"시간 없다."

둘 사이에 꽂힌 월광도와 한 놈만, 시간 없다.

이게 무슨 뜻인지 눈치 못 채면 등신이었다.

고웅과 막수의 눈빛이 순간 살기로 번들거렸다.

우당탕탕!

"개새끼야, 이거 안 놔!"

막수의 욕설에 고웅이 눈깔을 까뒤집었다.

"뭐? 개새끼? 이게 의형한테……!"

퍼억!

막수의 일권에 코를 얻어맞은 고웅.

얼굴에서 핏줄기가 팍— 터졌다.

불의의 일격을 허용한 고웅의 눈동자가 살기로 번들거렸다.

"넌 뒈졌다! 이 씹어먹어도 시원찮을 놈아!"

"닥쳐, 이 욕심 많은 돼지 새끼야!"

한데 뒤엉켜 주먹질을 해대는 전직 의형제.

그들을 일별한 독고월이 걸음을 옮겼다.

그 발길의 끝에 있는 건 넋 놓고 있는 여인들이었다.

2

모옥 앞에 선 여인들이 창백한 낯빛으로 바라봤다. 아무리 훤칠하고 잘난 공자라고 해도, 목불인견의 참상을 만들어낸 장본인이다 보니 말 못하게 두려웠다.

부들부들.

개중 이십 후반은 되어 보이는 여인이 산만하게 부풀어 오른 배로 공수를 들었다. 아까 녹림도에 의해 목이 잘릴 뻔했던 여인이었다.

"대, 대협! 구해주셔서 감사합니다."

모진 고초를 겪은 그녀의 얼굴은 멍으로 얼룩져 있었다.

독고월이 검미를 찌푸렸다.

"누가 누굴 구해줘? 그리고 대협은 무슨 얼어 죽을 대협이냐?"

"네, 네?"

무슨 뜻인지 몰랐던 그녀의 멍든 눈두덩이 잘게 떨렸다.

설마 자신들도 죽이려는 걸까? 아니면 저 나쁜 놈들을 수하로 들여 인신매매 조직에 팔아넘기려고?

"흐흑!"

불안감에 떨던 여인들이 훌쩍이기 시작했다. 늑대를 피하려다 범을 만난 건가 싶은 게다.

독고월이 인상을 그었다.

"울면 가만 안 둔다. 그리고 대협이라고 부르면 죽는다."

"네, 네!"

여인들은 넝마나 다름없는 소매로 얼른 눈물을 훔쳤다.

떨리는 눈동자로 바라보는 여인들을 향해 독고월이 혀를 찼다.

"쯧! 너희도 봐서 알겠지만, 저놈들이 내 전낭을 훔쳐갔다. 자그마치 이백구십육 냥이나 든 대단히 큰 돈이지. 거기다 난 납치까지 당해 여기에 끌려왔다. 참으로 억울한 일이지?"

"네에, 대……!"

대협이라고 부르려던 그녀가 가까스로 말을 삼켰다. 서릿발 같은 독고월의 시선과 대협이라고 부르지 말라던 말을 상기한 것이다.

"어흠. 난 너희를 구하러 온 게 아니고, 더더욱 화전민촌의 참사에 티끌만큼의 상관도 하려 온 것도 아니지. 그저 가져간 내 전낭을 찾으러 온 거다. 아까 녹림도와 나눈 대화를 들었듯이 난 협객이 아니니까."

준수하게 생긴 공자가 뭔 말을 하는지 모르겠다.

여인들이 서로 수군댔다. 의견을 개진하던 중 아까의 그녀가 대표로 나섰다.

"하, 하면 저희를 어찌하시려는지."

말꼬리를 흐리는 것이 불안감이 읽혔다.

독고월이 코웃음을 쳤다.

"어쩌긴 뭘 어째? 물속에서 건져줬으니 봇짐을 건져오라는 심보냐? 에잉, 귀찮은데 기루에 팔아넘길까?"

그녀는 서둘러 고개를 가로저었다.

"그, 그럴 리가요! 저희가 알아서 마을에 다시 정착하겠습니다."

"흥! 당연히 그래야지."

코웃음을 친 독고월이 몸을 홱! 소리 나게 돌렸다. 걸음을 휘적대며 옮기려는데.

그녀가 독고월을 불러 잡았다.

"저, 저 대… 아니, 공자님!"

"뭐냐!"

독고월이 버럭 성을 냈다. 왜 또 부르냐는 표정에 서린 건 짜증이었다.

불렀던 그녀가 움찔할 정도였지만, 용기를 내서 독고월에게 다가갔다. 손까지 내밀었다.

"네 못난 손이라도 만져달라는 것이냐? 이런 요망한 것 같으니."

"그, 그게 아니라… 이, 이걸 떨어트리셔서."

그녀의 내민 손을 본 독고월이 인상을 찌푸렸다. 그러다 놀란 표정을 지었다. 그녀의 손에 들린 전낭을 이제야 봤다는 듯이.

"아뿔싸! 내가 언제 이걸 흘린 거지? 큰일 날 뻔했군. 이백구십육 냥을 길바닥에 버릴 뻔하다니. 쯧쯧!"

독고월이 혀까지 차며 한 말에 여인들의 눈에 아쉬움

이 서렸다. 새삼 전낭 안의 돈이 큰돈이었단 걸 깨달은 것이다.

하지만 전낭을 건넨 그녀는 배시시 웃었다. 퍼렇게 멍이 든 얼굴로 웃는 것이 무척이나 괴기스러웠다.

"조, 조심하세요. 무척 소중한 돈이신 듯한데."

"그럼! 강호에 나가서 산해진미를 먹고, 좋은 곳에 묵어서 계집질을 할 소중한 돈이지. 없으면 아주 곤란하다고."

"다행이네요. 원하는 대로 쓰실 수 있게 돼서."

그리 말한 독고월이 그녀의 눈동자를 살폈는데 아쉬움이라곤 조금도 없었다. 맑은 눈빛이 저 하늘과 닮았다.

초난희와 남궁일.

그들처럼.

독고월이 짜증 어린 표정을 했다.

"강호에 왜 이상한 규칙이 하나 있다던데."

"네?"

그녀가 고개를 갸웃거렸다.

"주운 물건을 주인에게 돌려줬을 시 일 할은 주는 법이라더군."

"그, 그게 무슨?"

그녀가 매우 놀라 두 눈을 화등잔만 하게 떴다.

독고월이 전낭 안을 뒤적거렸다.

"젠장맞을! 더럽게 아깝지만 그런 법이 있다니… 옜다,

이십구 냥이다."

그러면서 전표를 건넸다. 미간을 잔뜩 찌푸린 것이 무척이나 아까워하는 모양새다.

그럴 만도 했다. 이십구 냥은 아껴쓰면 한두 해 먹고 살수 있는 금액이었다. 당장 필요한 돈이다.

"하, 하지만 액수가 너무."

그녀는 주저했다. 주위에서 여인들이 받으라고 눈총을줬다. 안타까운 탄식마저 흘리는 여인도 있었다. 그것만있으면 화전민 촌에서 아무런 걱정 없이 정착할 수 있기때문이었다.

마침 그도 계집질이나 할 돈이라고 하지 않았나.

독고월이 눈을 가늘게 떴다.

"아주 배가 아주 불렀구나. 더 달라는 소리 렷다?"

"……!"

그녀는 아니라며 얼른 고개 숙여 사과하려 했다가, 문득자신의 부른 배에 눈이 갔다.

정인의 애일 리가 없었다. 저주받을 씨앗이나, 소중한생명이었다. 자신뿐만이 아니었다. 같은 처지의 여인들이몇몇 있었다.

여인은 약하나 어미는 강하다. 사내들은 비교할 수 없을정도로.

먹고 살려면 돈이 필요하다. 이 애를 낳으려면 그 배 이상의 돈이 들었다.

녹림도의 병장기를 장물로 처리할 여건도 안됐다. 자신들을 지켜줄 사내도 없고, 아는 장물아비도 없었다.

그러니 이 전표를 거절할 이유도, 명분도 없었다.

그녀는 독고월이 내민 손에 든 전표를 조심스레 받아들었다. 하나같이 고액이 아닌 소액전표들이었다. 숨겨놓고 쓰면 문제 될 것도 없었다.

독고월이 한숨을 길게 내쉬었다.

"아깝군. 아까워! 중원전장에서 발행한 거라 어디서든 융통이 되는 전표인데."

그 말에 화색이 돈 여인들이 서로 얼싸안고 기뻐했다. 절망속에서 벗어나 새 출발을 할 수 있다는 희망 덕분이었다.

돈을 받은 그녀는 눈물을 뚝뚝 흘렸다.

"흐흑."

저 공자가 어째서 저러는지 충분히 알만해서다. 그는 자신이 도우러 온 게 아니라며 강변했지만, 바보가 아닌 이상 알아채야 했다.

일부러 그런 말과 행동을 한다는 걸.

그게 시발점이 되어 여인들이 훌쩍이기 시작했지만.

"울면 가만 안 둔다."

독고월의 서늘한 말에 서둘러 울음을 삼켰다.

그제야 흡족하게 고개를 끄덕인 독고월이 고개를 돌리려는데.

"저, 저……!"

그녀를 비롯한 여인들이 파랗게 질린 얼굴로 한쪽을 가리켰다.

후다닥!

뒤엉켜서 싸우고 있었던 고웅과 막수가 꽁지 빠지게 달아나고 있었다. 이미 목책을 타고 넘어가는 중이었다.

애초부터 연기였단 소리다.

여유만만한 독고월에게서 틈을 보아 도주하려는 속셈으로 벌인 연기!

경공술을 익힌 둘의 모습은 이미 시야에서 사라졌다.

여인들이 발을 동동 굴렀다.

"쪼, 쫓아가지 않으면……아, 아!"

"공자님, 흐윽!"

얼마나 지독하게 당했는지 사색이 된 여인들이었다.

"아, 안 돼!"

눈이 맑은 그녀마저도 안색이 흙빛으로 변했다. 놈들이 다시 와서 행패라도 부린다면 끝장이었다. 전표까지 건넨 것을 봤을 테니, 십중팔구 자신들을 찾아올 것이다.

잠시나마 품었던 희망이 시궁창 속에 빠졌다.

독고월은 심드렁한 태도로 팔짱을 꼈다.

"뭐가 안 된다는 것이냐?"

"저자들이 다시 찾아오면 저희는, 저희는……!"

쓰윽.

그녀는 말문을 채 잇지 못했다. 눈앞에 내밀어 진 작은 병이 보였다. 눈물 젖은 눈동자가 독고월을 올려다봤다.

"이, 이게 무엇이기에?"

"이 작은 병 안에 든 것이 만리추종향이라고, 요망한 초난희가 그러더구나. 이걸 사람에게 묻혀놓으면 어디로 도망가든 찾아낼 수 있다더군. 쥐새끼같이 숨는 놈들을 찾기에 가장 적합한 방법이라지. 물로 박박 씻어도 씻겨지지 않는다더군."

독고월이 놈들 앞에서 팔짱을 낀 것은 방관하는 게 아니었고, 이걸 꺼내기 위해서였던 것이다.

"……!"

그녀는 그게 무슨 말인가 생각하다가, 아까 고웅의 뺨을 두드리던 독고월의 모습을 떠올릴 수 있었다.

그땐 고웅을 수하로 거둬들이려고 그러나 싶었는데, 아니었다니!

경악한 그녀의 눈망울에 도로 팔짱을 낀 독고월이 들어왔다.

"한데 저것들이 내 물건을 또 가져갔구나."

"네?"

"도(刀) 말이다."

불안에 떨던 여인들은 영문을 몰랐지만, 눈이 맑은 그녀는 목불인견의 참상을 바라봤다.

그의 전낭으로 인해 벌어진 사달이다.

"그 말은!"

그녀가 놀란 눈으로 그를 바라봤다.

쿵쾅쿵쾅.

보기만 해도 가슴이 두 방망이 칠 그림 같은 그의 입매가 긴 호선을 그리고 있었다.

"또 찾으러 가야겠지."

第 9 章.

第 9 章.

1

　도망간 둘을 바로 따라갈 줄 알았는데, 그는 그러지 않았다. 고웅이 머물던 처소를 뒤지기 시작했다. 뭔가 쓸만한 물건이 있는지 찾는 중이다.

　"흐음."

　앉아서 뒤적거리는 모양새가 가진 풍채와는 어울리지 않았지만, 여인들의 눈에 그 똥 누는 자세마저도 멋있어 보였다.

　처소엔 사내들의 퀴퀴한 냄새만 그득했다.

　둘러보던 독고월의 시선에 호랑이 그림이 그려진 족자가 들어왔다. 그곳을 지그시 바라봤다.

　"단순한 놈이군."

중얼거리며 일어선 독고월이 족자를 치우자, 벽 속에서 비밀 금고가 모습을 드러냈다.

특별한 장치 같은 건 없어 보였고, 자물쇠만 걸려 있었다.

내용물에 큰 기대가 되진 않았다.

패앵!

독고월이 자물쇠를 잡아 뜯자 엿가락처럼 부러졌다.

끼익.

비밀 금고가 열리자 두루마리 몇 개와 재화들이 있었다.

"아!"

여인들의 눈에 탐심이 일었다.

독고월이 그 중 쌓인 고액전표들에 시선을 줬다.

"많이도 모았네요."

맑은 눈을 한 그녀, 곽씨의 말에 독고월이 고개를 돌렸다.

"갖고 싶으냐?"

순간 다른 여인들의 눈엔 탐욕이 들었지만, 곽씨는 손사래를 쳤다.

"농이라도 그런 말씀 마세요. 감당할 수 없는 보물은 불행을 불러올 뿐이에요. 겨우 지옥 같은 현실에서 벗어났는데, 황천길로 오를 순 없지요."

현명한 여인이었다.

만약 저 고액전표와 같은 재물을 쓰려고 저잣거리에 나서는 순간.

그녀를 비롯한 여인들의 죽음은 기정사실이 된다. 장정들이 있다고 해도 결과는 변함이 없을 거다.

동전 한 닢에도 살인이 나는 세상이었다.

감당할 수 없는 보물은 곽씨 말대로 재앙이다.

독고월은 제법이라는 표정으로 웃어줬다.

"흠, 흠!"

곽씨의 얼굴이 살짝 붉어졌다. 전설의 미남인 송옥과 반안이 울고 갈 그의 호의적인 웃음은 확실히 위험했다. 사내에게 그렇게 당하고도 얼굴을 붉히다니, 곽씨의 안색이 도로 어두워졌다.

독고월은 생각에 빠져 있었다.

이 많은 재물은 어디서 난 걸까? 표국의 호송단을 털었을까?

이 정도의 액수를 수송할 정도라면 보표들의 수가 제법 됐을 테고, 일류고수도 섞여 있을 터였다.

독고월이 겪어본 바로 이 고산채의 수준으로 호송단을 습격한다는 건 어불성설이었다.

관례대로 일정한 통행료만 받고 보냈겠지.

녹림도들도 먹고 살자고 하는 짓인데, 죽고 싶어 환장하지 않는 한 그러진 않았을 것이다.

뭐, 강호의 온 표국을 상대로 객기를 부릴 자신이 있다면 모를까.

"그 정도로 멍청한 놈은 아니지."

"네?"

곽씨의 물음에 독고월은 고개를 저었다. 고액전표 하나를 빼내 표식을 확인해봤다.

철저한 신용을 자랑하는 전장의 표식이었다.

이 정도의 액수를 더 큰 녹림채에 상납하려는 것도 아닐 테고, 이렇게 많은 돈을 받고 벌일 일이…….

화전민촌의 참사.

이일 밖에 없는데, 이만한 액수를 받고 벌일만한 일일까?

이 재물의 출처가 오리무중에 빠졌지만, 그렇다고 급할 건 없었다.

고웅과 막수를 잡는 건 식은 죽 먹기였고, 시간을 들여야만 하는 이유도 있었다. 이왕 나선 거 깔끔하게 끝낼 생각이었다. 죽은 초난희, 그녀에게 두 번이나 진 목숨 빚 때문이다.

"……."

독고월은 잠시 월광도에 생각이 미쳤지만, 가진 가치와 달리 평범하기 짝이 없는 거무튀튀한 도였다. 더구나 만리추종향을 묻힌 건 고웅의 뺨만이 아니었다. 어디 가서 팔아먹는다 해도 문제 될 건 없었다.

물론 그럴 일은 없을 것이다.

병장기 하나 없이 도망간 놈들에겐 무기 하나가 아쉬울 테니까.

피식 웃은 독고월이 족자를 뒤적거렸다. 그리곤 하나를 펼쳐 들었다.

마침 곽씨가 고개를 빼꼼히 내밀었다.

"어머!"

당황한 곽씨가 얼른 고개를 수그렸다.

독고월이 얼굴을 구겼다.

두루마리 안에는 여인과 사내의 정사 장면이 적나라하게 그려져 있었다.

"이런 덜떨어진 놈!"

독고월은 두루마리, 춘화도를 와락 구겨서 던졌다. 살다 살다 이런 미친놈이 있을 줄은 몰랐다. 색욕을 풀 여인들 납치해와 놓고는 춘화도를 보며 뭔 짓을……

순간 독고월의 눈이 날카로워졌다. 자신이 생각해도 말도 안 되는 짓이었다.

하면 왜 그런 말도 안 되는 짓을 한 걸까? 뭔가 꿍꿍이가 있다는 이야기가 아니겠나?

덥석.

춘화도를 집어든 독고월이 쫙 펼쳐 유심히 살펴봤다.

족자가 뚫어지는 게 아닐까 싶을 정도였다.

그게 춘화도임을 알게 된 여인들이 유난을 떨었다.

"에, 에구머니나!"

"마, 망측도 하여라. 아무리 피 끓는 나이라 하셔도 그렇지."

대놓고 뚫어지게 바라보는 독고월에 곽씨마저 헛기침할 정도였다.

말투나 행동이 애늙은이 같아서 그렇지 독고월은 혈기 왕성한 나이다.

"공자님 그런 취미는 없으신 줄 알았는데… 어머!"

말하던 곽씨가 고개를 돌렸다.

촤르르륵!

독고월이 모든 족자를 다 끄집어내서 쫙! 펼쳐놓았다.

하나같이 춘화도였는데, 한데 그러모으니 뭔가 느낌이 왔다.

이게 대체 뭘 말하는 걸까?

독고월은 고심에 빠졌다.

마치 어느 걸 골라갈까 진지하게 고민하는 모양새다.

여인들은 모두 등을 돌렸다. 다들 붉어진 목덜미를 하고 있었다. 충분히 부끄러워할 만도 했다. 규수는 아니더라도 방년의 처녀들이 대다수였다.

거기다 춘화도의 자세는 같은 여인이 보기엔 참으로 기

괴하고, 이상한 자세들뿐이었다.

"저, 저런 게 가능해?"

"당연히 말도 안 되지!"

호들갑을 떠는 여인들의 목소리가 들리지 않는지, 독고월은 춘화도를 앞에 두고 턱을 매만졌다.

얼굴이 붉어진 여인들이 모두 등을 돌릴 만했다.

그중 곽씨가 용기를 냈다.

"저, 저희는 공자님이 남들과 성적 취향이 다르다고 해도 흉볼 생각은 없지만. 나중에 혼자 따로 보시는 게……."

"쉿!"

독고월이 그녀의 말을 막았다. 그리곤 손짓을 했다.

혼자 있게 해달라는 것이다.

"지, 지금 혼자 보시게요?"

서른에 접어든 곽씨도 놀랄 정도였다.

더 어린 여인들은 경악을 금치 못했다.

퀴퀴한 냄새가 나는 이곳에서 혼자 뭔 짓을 하려고!

이래서 대협이라고 부르지 말라고 했나 싶은 그녀들의 표정에 떠오른 건 실망이었다.

그런 말도 안 되는 오해를 산 걸 아는지 모르는지, 독고월은 춘화를 살피는 데 여념이 없었다.

달칵.

여인들이 나가고 문이 닫히자 독고월은 방안의 정경을

훑어봤다.

창문에 검은 휘장이 달려있었다.

사생활 보호 때문에 쳐 놓을 순 있었지만, 고옹의 막돼
먹은 얼굴이 절로 떠올랐다.

섬세한 얼굴은 절대 아니지.

"훗!"

짧게 코웃음을 친 독고월이 휘장으로 창문을 가렸다. 그
게 어떤 오해를 불러일으킬지 꿈에도 모른 채.

촤악 촤악!

휘장으로 창문을 가리자 곧 짙은 어둠이 찾아왔다.

"후후."

독고월의 형형한 눈빛이 번뜩였다. 은은한 빛, 야광이
춘화도에서 흘러나오고 있어서다.

2

잠시 뒤.

비밀 금고에서 몇 가지 재화를 더 챙긴 독고월이 밖으로
나왔다.

춘화도들에 적힌 내용은 예상대로였다. 화전민촌 참사
에 관련된 내용이었다.

"흑야(黑夜)라."

단체를 지칭하는 명칭인데 다소 생소했다. 강호에 이름 난 단체 중 그런 명칭을 쓰는 곳이 떠오르지 않았다.

별 볼 일 없는 곳이겠지.

독고월은 깊게 생각하지 않기로 했다. 화전민촌 참사와 관련된 놈들만 해치우고 떠날 것이다.

공터에 살아남은 녹림도는 없었다. 대부분 과다출혈로 죽거나, 병장기를 든 여인들에 의해 명을 달리했다.

처녀가 한을 품으면 오뉴월에도 서리가 내리는 법이다.

녹림도들은 그녀들에게 악독하게 굴었던 대가를 철저히 치러야 했다.

인과응보였다.

독고월은 큼지막한 구덩이가 파인 공터를 바라봤다.

천하제일도 천구패의 독문 무공인 육도낙월의 제일도 삭월.

완벽한 게 아니건만, 경천동지할 위력이라니.

마음속 세상에서 펼쳤던 건 비교도 안 됐다.

그렇다면 마지막 초식인 폐월은 어느 정도의 위력일까?

천구패조차도 폐월만큼은 익힐 엄두를 내지 못했었다.

물론 독고월은 폐월을 펼칠 생각도, 그럴 능력도 되지 않았다. 적도 모자라 강호와 동귀어진할 미친놈도 아니었다.

공전절후의 무공이긴 하나, 독고월에겐 큰 감흥을 주진
못했다. 눈앞의 참혹한 광경조차도.

"……."

만약 남궁일이었다면, 제가 만들어낸 목불인견의 참상
에 후회했을 것이다. 하다못해 그 악랄한 위선자들도 어쩌
면 일말의 죄책감을 가질 수도 있겠다.

독고월은 아니었다. 스스로 생각하기에도 희한할 정도
로 무덤덤했다.

"피도 눈물도 없다는 말이 잘 어울리겠군. 금수도 눈물
을 흘린다 건만."

오히려 눈앞의 여인들이 사람다웠다.

챙그랑.

"흐흑."

심약한 여인 하나가 피묻은 창검을 떨어트리고 울음을
터트렸다. 자신을 부단히도 괴롭혔던 녹림도의 숨통을 끊
고 나니 무서웠던 것이다.

활과 화살을 등에 비끄러맨 곽씨가 도로 쥐여줬다.

"이젠 우리 힘으로 일어서야 해. 예전처럼 가만히 앉아
서 당할 순 없잖아. 스스로 지켜야지."

"으흐흑."

그 한 명이 울자, 따라 우는 그녀들에겐 병장기보다 바
늘이 더 어울렸다. 힘없는 여인들이었다.

그래도 자그마치 스무 명이다.

그물을 비롯한 활과 화살과 같은 병장기들이 있다면, 제한 몸 지킬 정도는 될 것이다. 부단히 노력해야겠지만, 아까도 말했듯이 여인은 약해도 어미는 강했다.

곽씨가 야무진 눈빛으로 여인들을 다독였다.

어느 정도 시간이 흐른 뒤엔, 자립할 수 있으리라.

곽씨가 독고월에게 다가왔다.

"정말 감사해요. 공자님."

"감사하다니? 내 전낭을 찾으러 온 것뿐이다."

"그래도 감사해요. 이 은혜를 어찌 갚아야 할지."

"은혜라니 가당치도 않지. 뭘 했어야 말이지."

"덕분에 더이상 놈들에게 시달리지 않아도 됐고, 원수도 갚았는걸요."

"흥! 운이 좋은 거지. 왜 살다 보면 억수로 운이 좋은 날이 찾아올 때도 있잖느냐? 뭐, 그런 거지. 당최 너희가 어디가 예쁘다고 구해주겠느냐?"

"……."

곽씨가 깊어진 눈빛으로 쳐다봤다.

독고월은 인상을 그었다.

"오늘은 너희에겐 운 좋은 날이다. 하지만 그 운이 계속해서 이어질 거란 생각은 추호도 하지 말도록."

들러붙을 생각은 꿈도 꾸지 말라는 게다.

"네, 공자님."

곽씨를 비롯한 여인들이 순순히 고개를 끄덕였다.

독고월의 눈에 이채가 흘렀다. 귀찮게 굴 줄 알았는데 담담히들 굴어서다. 오히려 자신과 눈 마주침을 슬금슬금 피하고 있었다.

뭔가 적잖은 실망감이 느껴지는 눈초리랄까.

독고월은 어째서 그러는 줄 알았지만, 별반 신경 쓰지 않았다. 되레 귀찮게 굴지 않아서 홀가분했다. 바짓가랑이 붙잡으면 어쩌나 했는데.

곽씨만이 유일하게 독고월에게 다가왔다.

"공자님, 화전민 마을 사람들을 누가 묻어줬는지 궁금해하시지 않았나요?"

"망꾼 노인네가 동료와 함께 묻어줬다고 들었다."

독고월의 말에 곽씨가 격분했다.

"그 돈과 제 목숨줄에 눈이 멀어 초 의원을 배신한 개 같은 늙은이가요? 절대로 그럴 리 없죠! 세상에 어쩜, 제 입으로 그랬다고 할 수가 있죠!"

"말도 안 돼요! 그 천벌을 받을 늙은이는… 흐윽!

"초 의원과 의동들이 그 금수만도 못한 늙은이 때문에 당한 걸 생각하면…… 사람이라면 절대 그럴 수 없는 거라구요!"

열화와 같은 분노가 휩쓸고 간 공터는 울음바다가 됐다.

그 면면을 살펴보니 허씨를 향한 그녀들이 가진 심정을 알고도 남음이었다.

곽씨가 피눈물을 흘릴 것 같이 벌게진 눈으로 물었다.

"그 늙은이, 죽은 게 확실하죠?"

"아까 막수란 놈이 늙은이를 죽였다고 한 걸 못 들었느냐?"

독고월은 자신이 허씨의 죽음을 앞당겼다는 말은 생략했다. 생색낼 이유도 없고 그럴 필요도 못 느꼈다.

와아아.

잘됐다며 손뼉을 치는 여인들을 보며 독고월이 물었다.

"해서 누가 시신을 수습했다는 것이냐?"

통쾌해하던 곽씨가 말갛게 웃었다.

"이쪽으로 따라오세요. 소개해 드릴게요. 공자님 덕분에 그분도… 아아, 다시 한 번 감사 드려요!"

그러면서 독고월을 잡아끌었다.

여인들도 새삼 기쁨의 눈물을 흘리며 좋아했다.

독고월은 의아해하면서도 순순히 따라갔다. 대체 누구기에 그녀들의 안색에 기쁨이 서린 걸까 싶었다.

곽씨를 따라 걷자, 동혈이 멀리서 모습을 드러냈다.

어설픈 철장이 쳐진 것이 감옥으로 써왔나 보다. 닫혀있는 게 누군가 가둬져 있는 듯 보였다.

부른 배로 앞서 걷던 곽씨가 사정을 설명했다.

"이분이 저희 마을에 온 건 일 년 전, 그러니까 참사가 있기 한 달 전이었을까요? 혹 녹림채가 못살게 굴진 않냐면서 저희를 돕기 위해 왔다고 했었지요."

"그래서?"

"당시엔 녹림채에 일정한 금액만 상납하면 문제없었고, 초 의원이 있어서 나쁘지 않은 관계를 유지했었죠. 천하에 둘도 없는 악랄한 놈들인 줄도 모르고요. 후우, 후우!"

산행 때문인지 격렬해진 감정 때문이지 모르겠지만, 곽 씨의 숨이 거칠어졌다.

독고월은 잠자코 기다렸다.

"후우! 초 의원도 괜찮다며 그분을 설득해서 돌려보냈지요. 워낙 고집이 세긴 했지만, 순수한 분이라 그런지 초 의원님과 하룻밤을 보내고 쉽게 발길을 돌렸지요."

"하룻밤을 함께 보냈다?"

독고월은 순간 초난희의 정인이었을까 싶었다.

그 내심을 읽었는지 곽 씨가 풋! 하고 웃었다.

"공자님도 참, 모든 걸 그런 쪽으로 결부 짓지 마세요. 물론 때와 장소를 가리기 어려우신 혈기왕성한 나이니깐 그럴 수 있다지만, 그분은 정말이지 순수한 분이었어요."

"……."

독고월은 말 속에서 뭔가 거슬리는 느낌을 받았지만, 잠자코 들었다. 초난희에 관련된 말이어서다.

"초 의원님도 강호의 큰 동량이라고 했을 정도였다니까요. 어휴! 힘들어. 후우, 후우!"

말하랴 산행하랴 힘들었는지 곽씨가 잠깐 숨을 몰아쉬었다.

독고월이 손짓했다.

"나 혼자 가도 된다."

"아! 아니에요. 이래 봬도 체력이 제법이라고요. 하룻밤에 십수 명도 상대……!"

자신이 한 대답에 본인도 어이없었는지 곽씨가 고소를 지었다.

순간 서글퍼진 곽씨의 눈동자를 본 독고월이 한숨을 내쉬었다.

"힘들면 돌아가거라."

"아니에요. 여기까지 왔는데 전 괜찮아요. 아까 하던 말 계속하지요."

싱긋 웃는 그녀에 독고월은 묵묵히 고개를 끄덕였다.

"그분이 떠난 뒤 기다렸다는 듯이 화전민촌에 참화가 닥쳤지요. 저희는 아시다시피 이곳에 잡혀 왔고, 시체를 채 수습하지도 못했죠. 사십일 전에 그분이 이곳에 찾아왔어요. 의분강개한 그분의 호통이 아직도 귓가에 선해요. 어떻게 사람의 탈을 쓰고 이럴 수 있냐면서, 고인의 시신조차 제대로 수습하지 않는 너흰 천하에 둘도 없는 악당이

라고, 그러면서 시신을 모두 수습했고, 납치해간 마을처녀
들은 어디 있느냐고 호통을 치셨지요. 저흰 녹림도들에 의
해서 집안으로 몰린 터라 대답할 수도 없었고요. 분개한
그분은 반드시 우리를 구해주겠다 하셨지요. 말만으로 어
찌나 감개무량하던지… 후후! 그리고 그분은 당당하게 외
쳤어요. 천인(天人) 남궁일 대협이 너희를 결코, 용서치 않
을 거라고! 물론 그분의 뜻을 이어받은 나부터 너희를 용
서치 않을 거라며 검도 빼들었죠!"

"세상에 그런 꼴통이 또 있었다니."

독고월의 중얼거림을 못 들었는지 곽씨가 두 주먹을 불
끈 쥐며 당시를 떠올렸다.

"정말이지 너무 멋있었죠. 늠름한 남아의 기상이 절로
느껴졌죠!"

"그런데 갇혀있다? 굉장히 멋있게 두들겨 맞았나 보군.
늠름하게 보일 정도였으면."

이번에도 못 들었는지 아니면, 모른 척하는 건지 곽씨가
안타까워했다.

"하지만 비열한 놈들 때문에 채 싸우기도 전에 그물에
제압을 당하셨죠."

"얼씨구! 눈치도 없는 것도 모자라 실력까지 형편없고."

"하여튼!"

곽씨가 샐쭉한 표정을 했다.

역시 듣고 있으면서 건방지게 모른 척하다니, 독고월의 검미가 찌푸려지려는 순간.

"어머, 다 왔네요."

곽씨가 밝은 어조로 덧붙였다. 어느덧 동혈 앞에 다다른 것이다.

"원래는 내일이 처형일이었어요! 항복은커녕, 가문의 신세를 질 수 없다면서 워낙 강경하게 나왔거든요. 저희도 그분이 돌아가실까 봐 전전긍긍했는데, 이렇게 공자님 덕분에 목숨을 잃지 않으셔도 됐네요. 이렇게 기쁠 수가!"

"…이틀 뒤에 찾아올 것을."

"그러니 하늘이 도왔죠. 얼른 풀어드려야겠어요. 그분도 공자님을 만나면 뛸 듯이 기뻐할 거예요. 얼른 이걸 풀어야겠어요."

이번에도 독고월의 중얼거림을 한 귀로 듣고 한 귀로 흘린 곽씨였다. 자물쇠를 풀어내느라 여념이 없었다.

철컥!

자물쇠는 어이없을 정도로 쉬이 풀렸다.

"휴우, 됐네요."

"……."

물론 독고월 때문이겠지만, 감옥을 지키는 인원조차 없고 여자의 힘으로 자물쇠가 풀렸다.

이 얼마나 위협이 안 되는 존재의 반증인가.

오히려 녹림도들이 야생짐승으로부터 그분이란 작자를
보호하는 꼴이었다.

독고월이 동혈 안쪽을 바라봤다. 그러던 그의 두 눈이
점점 크게 뜨였다.

第 10 章

第 10 章.

1

"설마 그분이란 게 저거냐?"

독고월이 어처구니없는 표정으로 물었다.

곽씨가 네! 라고 답한 후 서둘러 안쪽으로 향했다.

들썩.

밧줄로 꽁꽁 싸매진 작은 무언가가 발걸음 소리에 반응
했다.

"이, 이 악랄한 놈들! 아무리 날 모질게 핍박해도 내 입
에서 너희가 원하는 소릴 들을 순 없을 것이다! 차라리 날
죽여라, 죽이는 게 나을 거다! 내 구천을 떠도는 귀신이 되
어서도 네놈들을 쫓아다닐 것이야!"

제법 대찼지만, 갈라진 목소리는 어렸다. 아직 변성기도

297

지나지 않은 그분이겠다.

떼굴떼굴.

밧줄로 싸매진 그것이 동혈 안에서 굴러 나왔다.

"이야아아! 이 악독한 것들아!"

"도련님, 괜찮으세요!"

곽씨가 얼른 손을 뻗어 그것을 멈춰 세웠다. 굴러 오던 것의 끝 부분이 살짝 들렸다. 애벌레처럼 생긴 그것의 머리로 짐작되는 부분이었다.

"누구시오? 어디서 많이 들은 목소리인 듯한데……."

탁하게 갈라졌지만, 여전히 앳된 목소리에 곽씨가 울컥했다.

"도련님, 도련님! 저 곽씨에요."

"과, 곽씨? 하면 화전민촌의 곽 소저란 말이오?"

상체를 발딱 일으킨 그것의 목소리에 반가움이 듬뿍 담겨 있었다.

곽씨가 얼른 바로 세워줬다.

"네에, 도련님! 흐윽!"

"이, 이럴 수가! 곽 소저가 어떻게 여길!"

반가움에 폴짝폴짝 뛰는 그것의 얼굴은 퉁퉁 부은데다 푸르딩딩해서 측은지심이 절로 들었다.

오 척도 안 되어 보이는 그것.

곽씨는 눈물을 흩뿌리며 그걸 안아 들었다.

"도련님, 무사하셔서 천만다행이에요. 혹시나 험한 꼴을 당하셨을까 봐, 어찌나 걱정되던지… 흐윽!"

"아니오, 난 괜찮소. 곽 소저야말로 무사해서 다행이오."

어른스러운 언행이 무지하게 어색했지만, 곽씨는 아무렇지도 않은 듯 그것을 보듬어줬다.

그들은 그렁그렁한 눈으로 서로 마주 보면서 짧게 해후를 마쳤다.

그것이 웃으며 말했다.

"그나저나 곽 소저 살 좀 찌셨소. 일 년 전엔 말라서 밥이나 한 술 제대로 떠먹을 수 있을까 싶었는데. 풍채가 많이 좋아졌소. 인덕이 쌓이면 배가 나온다더니 확실히 틀린 말이 아니오."

"호, 호호! 고마워요."

곽씨는 천연덕스러운 그것의 말에 눈물 젖은 눈으로 웃기만 했다. 괜스레 설명해줬다가 마음 아파할 것을 걱정한 것이다.

그것이 곽씨의 어깨 위에서 고개를 빼꼼히 내밀었다.

"한데 뒤에 계신 분은 뉘시오?"

"……"

독고월은 침묵을 택했다.

말이 없자 그것이 당황하였다.

"헌앙한 풍채를 보아하니 녹림도는 아닌 듯하고. 혹 곽소저의 바깥분 되시오? 그렇지 않고서는."

"아니에요, 도련님. 이분은……."

곽씨는 말갛게 웃으며 지금까지 있었던 일을 차근히 풀어 설명했다.

잠시 후.

"그, 그럴 수가!"

그것이 갑자기 폴짝폴짝 뛰어왔다.

독고월이 인상을 그었다.

쫘당.

앞에서 자빠진 그것 때문이었다. 분명 자신을 향해 다가오려는 거겠지만, 밧줄로 꽁꽁 싸매진 덕분에 그마저도 쉽지 않았다.

"아, 아프오! 보, 본인 좀 일으켜주겠소?"

"……."

그것의 요구에 독고월은 묵묵부답이었다.

곽씨가 서둘러 다가왔다.

"어머! 내 정신 좀 봐. 아주 반가운 나머지 도련님을 이 상태로 놔뒀네요. 호호!"

곽씨는 그것을 꽁꽁 싸맨 밧줄을 풀기 시작했다.

독고월이 중얼거렸다.

"그냥 놔둬도 될 것을."

"네? 무슨 말씀 하셨어요?"

곽씨의 나무라는 눈에 독고월은 팔짱만 꼈다. 마음 같아
서는 등 돌려 떠나고 싶었지만, 일단은 참고 기다렸다. 어
쩌면 독고월의 궁금증을 해결해줄지도 몰랐다.

얼마나 꽁꽁 싸맸는지 푸는데 시간이 좀 걸렸다.

독고월은 가만히 있었다. 곽씨를 도와줄 만했지만, 그러
지 않았다.

스르륵.

밧줄이 땅에 떨어지자 그것, 소년이 의연하게 포권지례
를 올렸다.

"정말 감사드리오! 은인께선 하늘이 내려보내 주신 천
인이 분명하오. 천하에 둘도 없는 악한들을 단죄하는 것도
모자라, 약한 아녀자들을 구해줬다니. 이렇게 기쁜 일이
어디 있겠소!"

눈물 콧물로 범벅된 얼굴이 못 봐줄 정도였지만, 독고월
은 잠자코 있었다.

육 척 장신인 독고월을 물끄러미 올려다보던 소년.

뭔가 답이 있어야 하는데 잠잠하다.

"……."

"……."

침묵이 둘 사이에 흘렀다.

소년이 침묵을 못 이기고, 곽씨를 향해 살짝 고개를

돌렸다.

　―혹시 은인께선 말을 못하시오?

　나름 독고월을 배려한 소곤거림이었지만, 동혈 안이라
그런지 아주 명확하게 들렸다.

　곽씨가 손바닥으로 입을 가리며 소곤댔다.

　―아니에요, 도련님. 은인께선 귀도 잘 들리시고 좋은 목
소리도 갖고 계세요.

　―오, 그렇구료. 하마터면 말도 안 되는 오해를 할 뻔했
소. 은인께 실례될까 묻기 저어됐는데.

　제법 양질의 교육을 받았는지 소년이 구사하는 단어 선
택과 어투는 평범함과는 궤를 달리했다.

　열 두엇은 됐을까?

　순후한 눈망울이 굉장히 귀여웠지만, 어투는 애늙은이
가 따로 없었다.

　독고월은 소년의 무위를 살폈다. 제법 이름난 가문의
자제인지 그 나이대에 쌓을 수 있는 내공보다 배 이상으
로 쌓았다. 하지만 실전경험은 보다시피 전무해보였고,
단풍잎같이 고왔을 손엔 검을 휘둘러 생긴 굳은살이 아
닌, 상처만이 그득했다. 손톱이 있던 자리에 검붉은 딱지
만 있었다.

　화전민들의 봉분을 직접 만들었다더니.

　아마도 단전에 자리한 내공 덕분에 가능했으리라.

"쯧!"

짧게 혀를 찬 독고월이 내린 결론은 이러했다.

쌓인 내공은 제법이나 철모르고 날뛰는 애송이.

지금껏 살아있는 게 용하다.

아까 곽씨가 했던 말처럼 하늘이 도왔다.

"운이 좋군."

"은인께서 한 말이 정확히 무슨 뜻이신지?"

소년이 큼지막한 눈동자를 깜빡거렸다.

그 모습이 심히 귀여웠던 곽씨가 살포시 미소 지었다.

"공자님을 만나게 돼서 운이 좋았다는 이야기세요, 도련님."

"아, 그런 뜻이었구료. 옳소, 그 말이 참으로 옳소. 은인을 만나 구함을 받게 된 건 천운이 따른 것이오."

작은 두 손을 뻗어 포권지례를 재차 올린 소년, 독고월의 형형한 시선을 마주하며 해맑게 웃었다.

"존경해 마지않는 남궁일 대협의 발끝이라도 쫓아가기 위해 세상 밖으로 뛰쳐나온 강호초출 서문평이라고 하오. 실례가 안 된다면 은인의 함자를 알려주시겠소?"

"실례가 된다."

"그, 그렇소? 실례가 되는……."

독고월의 차가운 말에 서문평은 평정을 가장하려 했지만, 울상이 되는 것은 시간문제였다.

서글서글한 눈동자에 눈물마저 그렁그렁 맺힌다. 입술을 앙다물어 울음을 참아내려 했으나.

"흐윽, 흑!"

닭똥 같은 눈물과 새어나오는 울음소리는 어쩔 수가 없었다. 흙먼지가 묻은 소매로 눈물을 빠르게 훔쳤다. 엉망이 된 동안이 더욱 우스워졌다.

곽씨가 서문평을 달래줬다.

"도련님, 원래 강호인들 사이에선 직접 밝히지 않는 한, 함부로 명호나 성함을 묻는 게 아니에요. 어느 정도의 안면이 트여 친교를 나누거나 의형제를 맺었으면 모를까."

"아, 아! 그랬군. 그랬어. 이 내가 경솔했소."

화색이 돈 서문평의 얼굴이 독고월에게로 향했다. 한쪽 무릎마저 꿇은 서문평이 당돌하게 외쳤다.

"설령 은인과 제가 피를 나누지 않았다 해도 우리는 들끓는 의혈(義血)로 이어졌고, 사해가 동도라 했소. 하여 나 서문평은 은인을 형님으로……!"

"안 이어졌다."

칼같이 거절한 독고월은 등을 돌려 동혈을 빠져나갔다.

"아, 아……!"

설마 이렇게 단칼에 거절당할 줄 몰랐다.

서문평은 동그랗게 벌린 입을 다물지 못했다.

그리고.

"끅, 끄윽!"

동혈 속에서 울음을 참는 소리와 함께 토닥이는 소리가
들려왔다.

2

사람 홀리는 귀신이었던 초난희가 알아서 사라져주니,
애물단지가 기다렸다는 듯이 딱 달라붙었다.

"……."

"형님, 소제가 앞장서겠습니다!"

쪼르르 앞서 달려가는 서문평이었다. 그 나이치고 꽤 왜
소한 체형으로 올려다보는 순후한 눈망울이 심히 부담스
러웠다. 홍안의 미소년이 보내는 열렬한 눈빛이 밑으로
훅! 꺼졌다.

"아앗!"

꽈당!

앞서 걸으면서 독고월을 계속 바라보니 자빠지는 게 당
연했다.

곽씨가 서둘러 부축했다.

"도련님, 앞을 보고 다니셔야죠!"

"괘, 괜찮소. 형님, 소제는 괜찮습니다! 하나도 안 아픕니다."

일어선 서문평은 코피가 흐르는데도, 독고월을 향해 뜨거운 눈빛만 보냈다. 여인들을 통해 독고월이 했던 말과 행동을 전해 들은 뒤로 열렬한 신봉자가 된 것이다.

독고월이 상대를 해주지 않아도 아랑곳하지 않았다.

머리도 나쁘고, 눈치도 없었다.

하긴, 영악하고 눈치가 있으면 고산채를 홀로 찾아가지 않았겠지.

앞뒤 꽉 막힌 행동거지를 보니 남궁일의 어렸을 적이 절로 떠올랐다.

세상에 놈 같은 꼴통이 또 있을 줄은 몰랐다.

코를 무명천으로 틀어막은 서문평이 헤벌쭉 웃는다.

질질.

허리춤에 매여 있는데도 땅에 질질 끌리는 저 검 좀 보라지.

여인들은 그 모습을 보며 귀엽다고 난리였지만, 독고월의 미간은 찌푸려졌다. 마음 같아서는 홀로 길을 나서고 싶었다. 초난희에게 진 목숨 빚만 아니었다면, 진즉 떠났을 것이다.

이미 죽은 초난희를 상대로 빚을 갚을 방법이 없기에 호위 노릇을 하는 중이었다.

임산부도 있잖은가.

하여 이들을 화전민촌까지 데려다 주는 즉시!

떠날 것이다.

독고월은 갈 길을 재촉했다.

서문평이 귀찮게 말을 걸어와도 일언반구도 하지 않았다.

지켜보는 여인들이 무안해할 정도로 독고월의 태도는 냉랭했다.

곽씨마저 서문평이 상처받을까 저어했다.

정작 서문평은 조금도 신경 쓰지 않았다. 오히려 당연하다는 듯이 재잘거렸다.

"이 강호에 인의무적 남궁일 대협만이 진정한 협의지도를 걸으신다고 여겼는데, 설마 아무런 대가 없이 험난한 협의지도의 길을 가시는 분이 또 있으실 줄이야. 강호 말학 서문평 새삼 감명받았습니다. 형님도 소제처럼 남궁일 대협을 인생의 지표로 삼으시는 거겠지요. 아아! 이렇게 기쁠 수가. 같은 꿈을 꾸는 형님을 만난 건 진정 하늘이 도우신 게 틀림없습니다."

작은 주먹을 불끈 쥔 서문평.

퐁퐁!

흥분을 주체할 수가 없었는지 코를 틀어막은 무명천이 튀어나왔다. 벌게진 동안은 딱 그 나이대가 보이는 모습이었다.

여인들은 쿡쿡대며 웃었다.

독고월은 상대조차 하지 않았다.

서문평은 앞서 걸으며 계속 떠들었다.

"고강한 무공실력을 뛰어넘는 인품과 풍채라니! 이 강
호에서 인의무적 남궁일 대협의 뒤를 이을 사람은 저 말고
없다고 여겼는데, 소제는 우물 안 개구리였습니다. 이렇게
헌앙하고 훤칠한데다 의협심까지 철철 넘치는 형님이 계
실 줄이야! 하아~!"

서문평은 작은 손을 들어 이마를 짚으며 깊은 한숨을 내
쉬었다. 머리가 아찔해질 정도로 감동 받았다는 것이다.

독고월은 저 주절대는 입에 재갈을 물리고 싶었으나, 보
는 눈들이 있었다.

신경 쓰지 말자.

절대 신경 쓰지 말자.

여인들을 데려다 주고 바로 떠나자.

"형님의 무공실력도 과연이겠죠? 역시 하늘이 내린 인
재입니다. 그렇지 않고서는 그 극악무도한 놈들을 처단할
수 없었을 겁니다. 형님은, 형님은……!"

감정이 잔뜩 고조된 서문평은 콧김을 내뿜으며 뜨겁게
바라봤다.

눈에서 빛이 나오는 무공이 있다면, 독고월의 얼굴은 타

다 못해 까만 숯이 되어버렸을 것이다.

독고월은 그 시선을 외면한 채 낮뜨거운 서문평의 말을 흘려들었다.

"도련님, 목마르지 않으세요?"

곽씨가 웃으며 건넨 물통에 열심히 떠들던 서문평이 웃었다.

"정말이지 고맙소! 그렇지 않아도 목이 몹시 타들어 가던 차였는데. 곽 소저의 친절한 배려에 이 서문평 몸 둘 바를 모르겠소. 이 은혜를 어찌 갚아야 할지!"

작은 주먹으로 야무지게 포권을 취하는 모습에 여인들이 깔깔대며 웃었다.

서문평은 고개를 갸웃거렸다. 혹 자신이 무슨 실수를 한 건가 싶었다.

곽씨는 그 내심을 읽었는지 손사래를 치면서 대나무로 만든 물통을 건네줬다.

반색이 인 표정으로 대나무 물통을 쥐고 마시려던 서문평이 느닷없이 소리쳤다.

"아앗, 이럴 수가!"

"왜, 왜 그러세요? 물속에 뭐라도 들어있나요?"

곽씨를 비롯한 여인들이 화들짝 놀랐다.

독고월의 눈살이 찌푸려졌다. 자신의 앞에 대령 된 대나무 물통 때문이었다.

서문평이 이럴 순 없는 거라며 고개를 가로저었다.

"험난한 협행을 마치신 형님의 목이 가장 마를 터인데, 이 소제가 불민하여 제 목이 마른 것만 신경 썼습니다. 형님, 먼저 드십시오. 이 가녀린 소저들이 보내는 보은의 감로수를 아무것도 안 한 소제가 마실 수는 없는 노릇이지요. 이 보은의 감로수는 오직 형님만이 드실 수 있습니다!"

서문평이 자! 자! 거리면서 대나무 물통을 바쳐 보였다. 그의 눈앞에서 깨끔 발로 선 채 대나무 물통을 들이대는 중이다.

제발 마셔달라고 애원하는 모양새다.

곽씨와 여인들이 재차 맑은 웃음을 터트린다.

썩어 문드러질 정도로 상처받았던 과거와 암담한 앞으로의 삶.

먹구름 낀 앞날이 서문평으로 인해 서광이 잠시나마 비춘 듯했다.

곽씨가 젖은 눈망울로 독고월을 향해 애원의 눈길을 보냈다.

그가 어떤 성격인지 대충 파악한 그녀였다. 물론 독고월이 서문평을 귀찮아한다는 걸 모를 리가 없었다.

모든 여인이 애원의 눈초리를 보냈다.

서문평이 폴짝 뛰며 자신을 봐달라고, 대나무 물통을 흔드는 중이었다.

폴짝 거리는 게 여간 정신 사나운 게 아니다.

휘익!

기어코 물통의 뚜껑이 튕겨져나갔다.

물통 안에 있던 물이 와락 쏟아져 나온 것이다.

"아앗!"

서문평의 경악 어린 비명과 함께 물줄기가 독고월을 향해 흩뿌려졌다.

"아아!"

여인들이 두 눈을 질끈 감았다. 물을 뒤집어쓰게 된 독고월이 어찌 나올까 두려운 그녀들이었다.

그 잔혹한 녹림도들을 단숨에 몰살시킨 독고월 아니던가.

서문평에게 모진 손속을 가할까 봐 무척 걱정됐지만, 그럴 일은 없었다.

"이, 이럴 수가!"

믿기지 않는 광경이었다.

허공에 물이 둥둥 떠있었다. 투명한 손이 받쳐 든 것처럼 말이다.

허공섭물이었다.

경지에 이른 강호인이라면 할 수 있는 기예였지만, 민초들에겐 아니었다.

독고월은 너무 놀라 자빠질 뻔한 그녀들을 뒤로하고 손을 뻗었다.

덥석!

"혀, 혀엉님?"

한 손으로 서문평의 턱을 잡아 입을 벌리게 했다. 통통하고 말랑한 볼살의 촉감이 심히 기분 나빴지만, 벌려진 입을 향해 물줄기를 쏘아 보냈다.

쪼르르!

서문평은 제 입으로 쏟아져 들어오는 물줄기에 경악할 겨를이 없었다.

"꼴깍, 꼴깍!"

쏟아져 들어오는 물을 목구멍 안으로 넘기느라 정신없었다.

"조금이라도 흘리면 가만 안 둔다."

독고월의 동장군 뺨치는 차가운 목소리에 필사적으로 넘겨댔다.

대나무 물통이 제법 컸는지라 물줄기는 계속해서 이어졌다.

서문평의 작은 배가 점점 부풀어 올랐다.

"그어어어!"

한계가 다했는지 서문평이 짤막한 팔다리로 버둥거렸다.

독고월은 한 방울의 남김없이 모두 집어넣은 뒤에야 턱

을 놔줬다.

털썩.

서문평이 비칠거리며 쓰러졌다.

마음 같아서는 그녀들이 들고 있는 대나무 물통의 물마저 넣어주고 싶었다. 하지만 입 좀 다물게 하려다가 배를 터트려 죽일 순 없는 노릇이었다.

경고는 남겼다.

"앞으로 귀찮게 굴면 이곳에 있는 대나무 물통의 물을 전부 네 뱃속으로 넣어줄 것이다."

곽씨를 비롯한 여인들이 서둘러 다가와 서문평을 부축했다. 대놓고 말하지 못하지만, 나무라는 기색이 역력하였다.

아이에게 너무 심했다는 거지.

"흥."

독고월은 코웃음을 치고는 앞서 걸었다. 어차피 화전민촌까지만 동행하면 되었기에 별반 신경 쓰지 않았다.

한데 낭랑한 외침이 터져 나왔다.

"고, 고맙습니다. 형님! 이렇게까지 소제를 생각할 줄은 꿈에도 몰랐습니다. 어흐흑!"

"……!"

모두가 경악했다. 서문평이 한 말의 저의가 의심스러워서다.

곽씨마저도 독고월을 비꼬는 건가 싶을 정도였다.

마침 독고월의 고개가 서문평 쪽으로 향했다. 뼈에 사무칠 정도로 냉랭한 시선이었는데.

서문평은 독고월을 향해 뜨거운 시선을 보내는 중이다.

"소, 소제가 지난 한 달간 물 구경을 못한 걸 어찌 아시고. 목이 마를 것을 염려하여 먼저 마시게 해주시다니. 이 서문평! 형님의 살신성인에 감개무량입니다. 이 불민하기 짝이 없는 소제를 생각하는 하해와 같이 넓은 마음에 고개를 절로 숙입니다. 형님은 진정 이 강호의 귀감이 되시고도 남음입니다!"

반짝이는 눈빛과 홍안에 담긴 건 감동의 물결이었다.

모두의 머릿속에 떠오른 서문평의 모습.

열렬한 추종자나 진배없었다.

그녀들도 할 말이 없을 정도인데, 독고월은 어쩌겠나.

기가 막히고 코가 막히지.

어떻게 생겨 먹은 머리구조이기에 모진 말과 행동을 저렇게 받아들일 수 있는 거지?

독고월은 또다시 쪼르르 앞서 걷는 서문평의 모습을 지켜봤다.

서문평은 꾀죄죄한 얼굴로 배시시 웃었다.

"소제가 앞장서겠습니다!"

힘찬 목소리와 발걸음에 그늘이라곤 보이지 않았다.

진심이라는 소리였다.

독고월이 곽씨를 바라봤다.

마치 저놈, 제정신이냐? 라고 묻는 듯해서 곽씨는 안타까운 표정을 지어 보였다.

공자님이 이해해달라는 것이다.

독고월은 서문평의 뒷모습을 바라보며 인상을 그었다.

진즉 눈치챘어야 했는데.

"형님! 어서 오십시오. 소제가 형님 쉬실 곳을 깨끗이 청소해 놓겠습니다."

판박이도 이런 판박이가 없었다.

남궁일도 협객으로 이름난 강호인들의 뒤만 졸졸 쫓아다니던 애송이 시절이 있었다. 강호의 의협을 대표하는 그들과 함께 다니며 배움을 찾으려는 것이었다.

하지만.

남궁일이 그들로부터 배운 것은 실망과 좌절뿐이었다.

그들이 말하는 의협(義俠)은 더 큰 무력과 금력 앞에 무기력했다. 자신이 불리하면 뒤도 안 돌아봤다. 체면을 먼저 내세우는 것도 모자라 명성과 이문이 없으면 쳐다도 보지 않았다.

혹자는 여인에게 잘 보이기 위해 의협을 행했고, 또 다른 자는 명성을 드높이기 위해 협행을 하였다.

누구도 약자의 눈높이에서 그들을 이해하고 보듬어주는

이가 없었다. 또 그들과 함께 눈물을 흘려주지도 않았다.

이해관계가 얽히고설켜 양보하는 일이 부지기수고, 목숨이 아까워 체면치레만 하고 도망치는 경우도 허다했다. 개중 목숨을 거는 일마저도 복수란 이름으로 행해진 것들이 대부분이었다.

강호에 이름난 협객들로부터 배운 건 이해타산.

이거 하나였다.

진정한 협의지심을 품은 무인도 간혹 있긴 했지만, 목숨을 초개처럼 여긴 탓에 명성을 얻기도 전에 스러졌다.

그들의 봉분 앞에서 눈물을 흘리던 어린 남궁일.

"형님, 어서 오십시오!"

작은 손을 번쩍 들며 재촉하는 서문평의 모습에 과거 남궁일의 모습이 투영됐다.

저 모습이 진심이라면.

그 되먹지 못한 남궁일과 같은 성격을 가진 놈이라면.

장담하건대 비참하게 죽어 나자빠질 것이다.

머지않아 아니, 한 달이나 버틸 수가 있을까? 그가 아니었다면, 녹림도들에게 실컷 농락당하다가 처형당했을 정도로 형편없는 애송이인데?

힘없는 정의는 정의가 아니었다.

비극을 불러올 뿐이었다.

젠장맞을!

지금 뭐하자는 건지 모르겠다.

독고월의 표정에 짜증이 서렸다. 당장 이곳을 떠나려고 발을 구르려는 찰나.

"역시 초 누님의 말씀이 맞았습니다!"

뭐?

독고월이 순간 멈칫했다.

곽씨와 여인들도 의아했다.

"그게 무슨 말씀이세요? 도련님?"

"소제가 화전민촌에서 하룻밤 묵었을 때, 초 누님이 소제한테 그랬습니다! 강호를 찬란하게 비추던 창천의 해가 저물면, 오롯이 떠오른 고고한 달이 세상을 도로 밝힐 거라고!"

뭐라고?

의미심장한 말에 독고월이 의아할 새도 없이 서문평의 말은 계속 이어졌다.

"처음엔 그게 무슨 말인 줄 몰랐지만, 초 누님이 그랬습니다. 월(月)이라 쓰인 비수를 가지고 있는 분이 바로 그 고고한 달님이라고!"

서문평이 그러면서 작은 손가락으로 독고월의 허리춤을 가리켰다.

초난희의 비수가 허리춤에 걸려있었다.

누구보다 낮은 시야를 가졌던 서문평이기에 쉬이 발견

할 수 있었다.

독고월은 비수와 서문평을 번갈아 봤다.

이 무슨 개 풀 뜯어 먹는 소리란 말인가!

〈2권에서 계속〉

너희들은
건드리지 말아야 될 사람을 건드렸어!

LUNE

안민현 퓨전 판타지 장편 소설

룬

NEO FUSION FANTASY STORY

룬(LUNE)으로 인해 룬이란 인물로 다시금

살게 된 흑마법사 잭스!

다시 태어난 삶에 만족하며

조용히 살아가기를 원하던 룬이지만

제국의 음모에

다시금 그 힘을 드러낸다!

과거와는 전혀 다른 낯선 기억.

Who Am I?

시작과 끝에 선 심판자
정우

REV♢LUTION

베가 현대 판타지 장편소설

4중 연쇄 충돌의 교통사고.

그때부터 모든 것이

변하기 시작했다.